TWENTYSIX
Eine Marke der Books on Demand GmbH

© 2023 Wolfgang Heithoff

Herstellung und Verlag:
BoD – Books on Demand, Norderstedt.

ISBN: 9783740728427

Adam
und der
Wolff

Es ist ein kühler Novembertag. Ich bin auf dem Weg nach Cornwall. Westküste. ‚Coombe Vallye', so heißt es heute. Eine kleine Ansiedlung von fünf oder sechs Hütten aus dem 17. Jahrhundert. Vor einigen Jahren restauriert und jetzt an gut betuchte Touristen vermietet.

Lange vor dem Bau dieser historischen Häuschen stand dort irgendwo die kleine Fischerhütte meines Ururgroßvaters. Und noch ein paar "ur" mehr. Ganz genau weiß das niemand heute mehr.

Jetzt sitze ich auf dem Beifahrersitz eines rostigen, dunkelbeigen Landrovers und hänge meinen Gedanken nach.

Wann überhaupt hatte ich mich auf den Weg gemacht? Was hatte mich aus meinem Zweizimmer - Appartement in der St. George Road in Cambridge vertrieben? Hinausgejagt in diese leere, unfreundliche Landschaft?

Sicher, da gab es schon seit Jahren dieses unterschwellige Gefühl, das mich magisch zu diesem Ort zog. Aber doch nie so stark, dass ich auch nur eine Sekunde nachgegeben hätte.

Gestern aber habe ich nachgegeben! Ich habe den Strom abgestellt und die schweren Samtvorhänge vor das einzige Fenster meiner Wohnung gezogen. Sie liegt jetzt in völliger Dunkelheit bis ich zurückkomme. Irgendwann.

Ich habe bei Mrs. McGibbon im Shop an der Ecke die tägliche Flasche Milch abbestellt und meine Zimmerwirtin gebeten, dem Zeitungsjungen Bescheid zu sagen, dass ich verreise. In Sams Pub habe ich die noch offene Rechnung bezahlt. Sechzehn Pfund vierunddreißig. Und noch ein Stout zum Abschied.

Abschied?!

Das war alles erst gestern Nachmittag! Um 12 Uhr, während der Nachrichten auf BBC, hatte ich mich entschieden, die Fahrt anzutreten. Und nun habe ich alle Brücken hinter mir abgebrochen, wie es scheint. Ich wundere mich immer noch über mich selbst.

Glücklicherweise lagen auch keine Aufträge mehr vor, meine letzte Expertise hatte ich am Montag an das National-Geographic-Institute in Edinburgh geschickt.

Evelyne ist seit Anfang des Monats mit einem Jahresstipendium in den Staaten.

Schon eine merkwürdige Anhäufung von Hinweisen aus meiner Umwelt, dass es Zeit wurde, mich auf den Weg zu machen. Nichts hielt mich mehr in Cambridge.

Auf den Weg machen! Welch ein Gedanke! Als hätte ich diese Fahrt schon lange geplant und nur noch auf einen günstigen Moment gewartet. Ganz und gar nicht!

Und dann kam da dieser schweigsame, rothaarige Klempner aus Bideford ins Spiel. Etwa zwei Jahre jünger als ich, also 33, auch meine Größe, etwa 1,80 Meter, aber im Gegensatz zu mir breitschultrig, massiv gebaut, Hände wie Pranken, ein typischer ‚Landbursche'. Ich war gerade mit dem Zug in Exeter angekommen, hatte diesen kleinen viktorianischen Bahnhof verlassen, stand auf der Straße und überlegte, wie es jetzt eigentlich weitergehen sollte.

Erst langsam wurde mir bewusst, wie übereilt meine Abreise gewesen war. Gestern Mittag noch hatte ich ein Ticket für den nächsten Zug gekauft. Vier Stunden Zeit bis zur Abfahrt. Koffer packen und los. Schlafwagen. Bleierne Müdigkeit, keine Zeit für Gedanken.

Und nun stand ich da am Straßenrand, Vaters alten Lederkoffer in der einen Hand, meinen wasserdichten Rucksack in der anderen, und überlegte, wie ich weiterkommen konnte. Wie konnte ich nur so planlos drauflosfahren?! Und wo genau wollte ich überhaupt hin? Und was, wenn es keine Busverbindung gab?

Der letzte Gedanke zerplatzte wie nie gedacht. Schon stand neben mir diese beige Rover, der Fahrer kurbelte das Fenster herunter, hielt seine Pfeife mit den Zähnen fest und fragte: „Kann ich Sie mitnehmen?"

Sonst nichts.

Ich nickte stumm und stieg ein.

Ich glaube, wir hatten nicht einmal über das Fahrziel gesprochen. Doch bin ich mir sicher, dass er an die Westküste fährt. Irgendwie...

Er, mein schweigsamer Wagenlenker. Paul Smith stand auf dem Magnetschild an der verbeulten, schmutzigen Wagentüre.

> Paul Smith
> Harbour Lane 16
> Bideford
> Services of all kinds

Welch ein krasser Gegensatz, dieses neue knallig blaue Magnetschild mit seiner schwarzen Schrift auf der Tür des alten Rover.

Genau wie auch Paul Smith selbst. Ich nehme jedenfalls an, dass er Paul Smith ist, gesagt hat er es nicht. Aber irgendwie bin ich sicher.

Überhaupt fühle ich mich sicher. Seit ich in sein Auto gestiegen bin, hat mich dieses eigenartige Gefühl von Sicherheit umgeben. Ich weiß gar nicht, wohin er fährt, aber ich bin sicher, dass er mich zu meinem Ziel bringen wird.

Leicht und souverän lenkt er den Rover aus dem Stadtverkehr hinaus auf die Landstraße in Richtung Westen. Die Strahlen der untergehenden Sonne spielen mit seinen lockigen, roten Haaren, die bis auf die Schultern hängen. Bringen sein glattes Antlitz zum Leuchten, das so gar nicht zu dem schmierigen Overall passen will, den er trägt.

Das monotone Brummen des Motors macht mich schläfrig. Meine Gedanken gleiten ab. Zu meinem Vorfahren, auf deren Spuren ich mich also nun begeben werde. Meine Gedanken fliegen dahin, wie die Bäume am Straßenrand. Ich denke an meine Großmutter, die hier irgendwo an der Küste gewohnt haben soll. Es wird erzählt, dass sie in einem kleinen Haus mit Blick auf das Meer wohnte. Leider habe ich sie nie kennengelernt.

*

Ich sehe sie an der Kochstelle in der Mitte des Raumes stehen. Hager, verschmutzt, in grobes Leinen gehüllt. Über dem Feuer hängt ein schwarzer Metalltopf, in dem das Wasser blubbernd kocht. Der Qualm der nassen Holzscheite, der nicht nach oben durch das Loch im Dach abzieht, hinterlässt in dem alten Haus eine warme, aber muffige Atmosphäre. Es beißt in den Augen.

Es riecht erdig. Nach Pilzen oder so. Ich schaue in den Topf. Kleingeschnittene Rüben, Wurzeln und

Kräuter tanzen ihren eigenwilligen Tanz vom Boden zum Rand und wieder zurück.

*

Ich schaue in den Topf?!

Ich bin plötzlich wieder hellwach. Wo bin ich? Was war los?

Mein schweigsamer Fahrer deutet mit dem Mundstück seiner Pfeife nach vorne. Ein paar Schafe hatten die Straße gekreuzt. Er hatte wohl bremsen müssen. Nun ziehen sie langsam auf der rechten Straßenseite weiter, dann um die Kurve und sind aus unseren Augen verschwunden. Ein paar dürre Kiefern stehen rechts auf der Wiese und tanzen im Wind.

Mein Herz schlägt mir bis zum Hals. Ich muss wohl eingeschlafen gewesen sein. Merkwürdig! Ich habe den Geruch der Gemüsesuppe noch in der Nase.

Mr. Smith lächelt.

Während er seinen Rover wieder mit einem Ruck in Bewegung setzt, strecke ich vorsichtig meine Füße von mir. Etwas Bewegung würde mir guttun.

Wie lange sitzen wir eigentlich schon hier im Wagen? 15.05 Uhr. Meine Uhr ist stehen geblieben! Als hätte er meine Gedanken erraten, deutet Mr. Smith auf das Hinweisschild, das eben an uns vorbeihuscht:

> **Tankstelle/Tea-Room 12 Meilen**

Ich verstehe.

Also strecke ich meine Beine wieder von mir, seufze behaglich und konzentriere mich auf die Landschaft, die wie eine zu schnell abgespielte Videokassette an mir vorbeizieht.

Welch ein krasser Gegensatz zu der Gegend, in der ich aufgewachsen bin. Auch wenn man nicht meilenweit sehen kann, bekommt man doch ein Gefühl für die fast unendliche Weite. Schafe huschen an uns vorbei.

Draußen beginnt es zu dämmern.

*

Ich öffne die Tür.

Ein kalter, klarer Abend. Eigentlich müsste längst schon Schnee liegen. Von weitem ist die Meeresbrandung zu hören. Es ist Flut. Es riecht nach Schnee. Diese Nacht wird er fallen. Den Boden bedecken wie mit einem großen, weißen Leichentuch. Die Zeit der Entbehrungen wird beginnen. Für Mensch und Tier.

Hoffentlich werden die Vorräte reichen. Die Ernte auf den Beeten zwischen dem Wald und dem

Küstenfelsen, der den starken Wind vom Landesinneren fernhält, war dieses Mal mager gewesen. Ein sehr feuchter Sommer. Die Sonne war nicht sehr oft zu sehen gewesen.

Böse Vorzeichen. Mich schaudert. Nicht nur wegen der Kälte, die jetzt langsam von mir Besitz ergreift. Wem gelten die bösen Vorzeichen? Das Ausbleiben der Fischschwärme vor der Küste! Die rätselhafte Krankheit, die die meisten Tiere des Waldes dahingerafft hat!

An das Anlegen eines Vorrates von Trockenfleisch war nicht zu denken gewesen. Der böse Geist hatte von den Kadavern Besitz ergriffen, genauso wie von den lebenden Tieren. Sie hatten ihre übliche Scheu verloren und waren so eine leichte Beute für unsere Jäger gewesen. Eine zu leichte Beute. Auch die anderen Stammesmitglieder hatten das Wildfleisch verschmäht. Es war ungenießbar. Es war böse.

In unserem Haus wartet Marga mit dem Essen. Eine seltsame Veränderung ist in letzter Zeit mit ihr vorgegangen. Seitdem ihre monatlichen Blutungen ausgeblieben sind, hat eine ungekannte Unrast sich ihrer bemächtigt. Ihre ruhige, ausgeglichene Art ist einer gespannten Empfindsamkeit gewichen. Auch ich spüre mitunter die Anwesenheit eines anderen Wesens in unserem Haus. Ganz zart ist es da. Kaum fühlbar tastete es nach meinen Gedanken. Als wolle es mich auf sein Kommen im Frühjahr vorbereiten.

Ich freue mich darauf, Vater zu werden. Wenn nur die Zeichen in diesem Jahr nicht so viel Unheil verkünden würden!

Ich gehe zurück in das Haus. Durch einen Türspalt dringt der bekannte Geruch von Rüben und Bratfisch nach draußen. Ich öffne die Tür und sehe Marga über dem Kessel stehen, eine große eiserne Kelle und zwei Schüsseln aus Holz in der Hand.

Die Tür schließt sich mit einem lauten Knall.

*

Ich schrecke auf und stoße mir den Kopf an der Windschutzscheibe des Rovers. Mr. Smith ist inzwischen um den Wagen herumgegangen und öffnet mir nun die Tür.

"Steigen Sie aus. Dort drinnen gibt's was Gutes zu Essen. Und ein Tee kann bei diesem Wetter auch nicht schaden."

Jetzt erst bemerke ich, dass es regnet. Ein schwacher, nieselnder Eisregen hat den Parkplatz in eine schlüpfrige Eisbahn verwandelt. Während ich langsam Fuß vor Fuß setze, um nicht auszurutschen, geht Mr. Smith mit schlafwandlerischer Sicherheit auf den Tea-Room zu. Es ist ein großes, altes Wohnhaus, das auf der linken Straßenseite liegt, direkt hinter dem Parkplatz. Sicherlich 200 Jahre alt, aus grobem, grauen Stein gebaut und unverputzt.

Im krassen Gegensatz dazu steht die direkt an der Straße aufgestellte Garage aus Fertigbauteilen. Sie ist als Reparaturwerkstatt eingerichtet und genau wie die beiden Zapfsäulen in den Farben der Benzinfirma gelb/grün gestrichen. Als wenn es nötig wäre, auf die Tankstelle und den Tea-Room aufmerksam zu machen, die beiden einzigen Gebäude weit und breit.

An der Tür der Gaststätte wartet Mr. Smith bereits auf mich und zieht die Tür mit einem eleganten Schwung auf. Seine Augen haben einen verschmitzten Ausdruck, als sei er Pförtner eines Hotels und öffne seinem Stammgast die Eingangspforte.

Drinnen empfängt uns der bekannte Geruch nach gebratenem Kochschinken, Fisch & Chips und frisch geputzten Holztischen.

Ich habe nicht darauf geachtet, ob draußen auf dem Parkplatz noch andere Autos standen, der Raum selbst jedoch ist fast leer. Fünf, sechs, acht, zwölf Stühle stehen dort um drei runde Holztische herum, nur einer ist besetzt.

In der Ecke, genau gegenüber dem Eingang sitzt ein alter Mann im blassblauen Dunst seiner Pfeife. Seine linke Braue zog kurz hoch, als wir eintraten. Jetzt mustert er uns und wendet sich, offensichtlich zufrieden, wieder einem kleinen schwarzen Buch zu, in dem er langsam blättert.

Mr. Smith steuert auf den Tisch am Fenster zu und setzt sich. Ich nehme den Stuhl ihm gegenüber und blicke aus dem Fenster. Draußen wird aus dem Nieselregen langsam Schneeregen. Weißer, pappiger Schnee legt sich auf die Fensterbank.

Von hinten tritt eine Frau an uns heran, um die Bestellung aufzunehmen. Sie ist schlank, knapp dreißig Jahre alt, gepflegt und verströmt einen leichten Pfefferminzgeruch. Ihr langes, kastanienbraunes Haar hat sie hinten mit einem gelben Seidenband zusammengebunden. Sie bewegt sich anmutig und scheint irgendwie nicht hierher zu gehören. Die meisten Bedienungen, egal ob Eigentümer oder Angestellte, identifizieren sich in kurzer Zeit mit dem Restaurant, werden irgendwie selbst zum Inventar.

Peggy nicht.

Ich glaube, sie heißt Peggy. Der alte Mann hat sie wohl so gerufen. Jedenfalls scheine ich plötzlich ihren Namen zu wissen.

Vielleicht ist sie nur zur Aushilfe hier? Sie notiert unsere Bestellung mit einem Lächeln und einem kaum sichtbaren Augenzwinkern. Meinte sie mich?

Ich hänge in Gedanken noch meinen Tagträumen nach, die mich eben auf der Fahrt heimgesucht hatten. Mann oh Mann, die waren vielleicht realistisch! Ganz anders, als meine sonstigen, nächtlichen Träume.

Peggy bringt uns unseren Tee. Mr. Smith zwinkert ihr mit dem linken Auge zu. Kennt er sie? Kommt er öfter hierher?

Ich frage ihn, was er überhaupt in Exeter, wo er mich aufgegriffen hatte, zu suchen hatte.

„Was zu erledigen", ist die knappe Antwort.
Nun ja, wenn er nicht reden will, muss er es auch nicht. Obwohl ich doch schon gerne etwas mehr gewusst hätte, zum Beispiel, wohin genau er überhaupt fährt und wie er sich das mit der Weiterfahrt denkt.

In diesem Moment ruft der alte Mann von der anderen Ecke des Raumes herüber.

„Da werden Sie wohl nicht mehr weiterkommen. Scheußliches Wetter, dies. Die Straßen werden im Nu zu einer Eisfläche und sie rutschen mit ihrem Jeep gegen den nächsten Baum oder in das nächste Loch.

Letztes Jahr um diese Zeit ist der Postbus in so ein mieses Wetter geraten. Erst am nächsten Morgen haben sie den armen Kerl zweihundert Meter abseits der Straße am Lauf eines kleinen Baches gefunden. Keiner weiß, wie er dahin gekommen war. Er musste die Straße völlig verfehlt haben.

Die Vorderachse war gebrochen, der Fahrer selbst Gott sei Dank fast unverletzt. Nur die Nacht in der Kälte und der Dunkelheit haben dem armen Kerl sehr zugesetzt. Seit diesem Tag ist er nicht mehr ganz richtig da oben."

Der alte Mann tippt mit der Pfeife an seine Schläfe und grinst. Makellos weiße Zähne leuchten uns aus der dunklen Ecke des Raumes entgegen.

„Ihr könnt bei mir schlafen, wenn ihr wollt, und bei Sonnenaufgang wieder weiterfahren. Wenn ihr im Licht fahrt, kann euch nichts geschehen."

Irgendwie scheint der Alte auch nicht so recht bei Verstand zu sein. Allein diese merkwürdige Ausdrucksweise!

Mr. Smith hat bei dem Angebot nur kurz genickt, es scheint damit abgemacht zu sein. Soll ich mich allein zu Fuß auf den Weg machen? Eigentlich müsste ich jetzt erbost sein, wie einfach über meinen Kopf hinweg entschieden wird. Warum auch immer, es fühlt sich alles so stimmig an. Also willige ich auch ein, wobei ich mir vornehme, im Bett ausgiebig über meine derzeitige Situation nachzudenken, die mir völlig außer Kontrolle geraten ist.

Erst aber widme ich mich dem Abendessen, ich bin wie ausgehungert. Der gebratene Kochschinken ist ausgesprochen lecker, die Pommes kross, der Salat knackig und frisch.

Zu lange habe ich das Hungergefühl verdrängt und stopfe nun, als wüsste ich nicht, wann ich das nächste Mal etwas bekommen würde, alles in mich hinein. Das dunkle Bier spült das Essen herunter wie klares Bergwasser. Erst, als mein Teller leer ist, werde ich mir bewusst, wie müde ich bin. Sicherlich hat das Bier auch Einiges dazu beigetragen.

Ein Blick auf meine Uhr. Sie steht immer noch. Es muss mindestens zehn Uhr sein. Ich schaue mich in dem Lokal um. Im ganzen Raum ist keine Uhr zu sehen.

Etwas lauter als nötig setzt der alte Mann sein Bierglas ab und erhebt sich. Das ist wohl das Zeichen zum Aufbruch.

Ich winke Peggy herbei und zahle die Zeche. Mr. Smith wehrt sich kurz, aber wohl mehr anstandshalber, als ich auch seine Rechnung begleiche. Das ist ja wohl das Mindeste, was ich ihm schuldig bin.

Ich zahle auch das Bier des alten Mannes, der nun unser Herbergsvater sein wird. Er tippt nur kurz mit zwei Fingern an seine Hutkrempe und grinst. Schwierig, sein Alter zu schätzen. Erst hatte ich gedacht, etwa siebzig, als er aber flink wie eine Katze vom Stuhl aufsteht, muss ich mich berichtigen. Bestimmt nicht älter als fünfzig! Oder?

Mr. Smith ist schon zum Wagen gegangen, um unser Gepäck zu holen. Er drückt mir den Koffer in die Hand und folgt dem Alten zur Straße.

Auf der anderen Straßenseite, genau gegenüber dem Tea-Room steht ein kleines, altes Haus. Das muss ich bei unserer Ankunft wohl übersehen haben. Dicker, weißer Rauch kräuselt sich aus dem Schornstein und steigt steil in die klare, kalte Luft.

Mr. Smith ist mit dem Alten schon vorausgegangen und wartet im Eingang auf mich. In leicht bierseliger Stimmung schliddere ich hinter ihnen her. Es schneit nicht mehr, aber es sind mindestens fünfzehn Zentimeter Schnee gefallen.

Rings um mich herum liegt nun ein weißer, glitzernder, völlig unberührter Teppich. Hinter mir sehe ich meine tiefen Fußeindrücke, vor mir ein glattes Meer aus unberührtem Schnee. Dahinter lockt der Hauseingang mit seinem warmen, gelben Licht, das aus der Stube schimmert. Die beiden Männer warten auf mich. Irgendwas stimmt hier nicht, ich komme aber nicht darauf, was. Muss an dem Bier liegen.

Mr. Smith und Mr. Gordon ("Jesiah Gordon", so hatte es auf dem Namensschild am Zaun gestanden) haben wohl schon alles Wichtige besprochen, als ich mit meinem Koffer eintrete. Sie schauen mich freundlich an.

Das Haus empfängt mich mit einer angenehmen Wärme, der Flur ist in leichtes, flackeriges Licht getaucht, das wohl von den Gaslampen an den Wänden kommt. Gegenüber dem Eingang führt eine dunkle Holztreppe in die obere Etage, hier unten zweigen von dem großräumigen Flur fünf Zimmer ab. Soweit ich erkennen kann, rechts ein Schlafzimmer und das Bad, sofort links die Küche und ganz hinten links, am Fuße des Treppenaufganges, das Wohnzimmer und ein weiteres Zimmer. Mit Ausnahme der Küche und des Bades sind alle Zimmer, wie auch der Flur und die Treppe, mit dem gleichen, rotbraunen Teppich ausgelegt. Ein interessantes Muster, erinnert mich irgendwie an Runen oder alte Schriftzeichen. Alle Türen stehen einen Spalt offen, wie, um meine Neugier zu befriedigen.

Paul bekommt von unserem Gastgeber das Zimmer unten neben der Treppe zugewiesen, ich den ersten Raum oberhalb der Treppe.

Auch der erste Stock ist in den gleichen Farbtönen gehalten, der gleiche Teppich, die gleichen schönen dunkelbraunen Holztüren. Am Ende der Treppe steht in einer silberfarbenen Milchkanne ein knorriger Wanderstock mit silbern beschlagenem Griff. Darüber hängt ein dunkles Bild: der Mann mit dem Goldhelm. Zwei Zimmer liegen zur Straße, am anderen Ende des schmalen Flures noch ein dritter Raum, dessen Tür ist geschlossen.

Mit jugendlichem Schwung, der so gar nicht zu seinem Äußeren passt, öffnet Mr. Gordon mir die

Tür zu meinem Zimmer für diese Nacht. Ein hübsch eingerichteter Raum mit einem alten, schwarzen Holzbett links an der Außenwand. Durch die halb geschlossenen Vorhänge fällt etwas Licht herein, genau auf das keltische Kreuz an der gegenüberliegenden Seite des Raumes. Unter dem Fenster steht ein brauner Polsterstuhl, an der rechten Wand eine Kommode mit drei großen Schubladen, darauf ein Krug mit einer Waschschüssel. Darüber hängen Dürers "Betende Hände" an der ansonsten kahlen Wand. Tapeten fehlen hier völlig, der Putz ist in einem zartem Rosaton überstrichen, der farblich genau zu den gemusterten Vorhängen und dem Bettbezug passt. Das Bett ist frisch gemacht und aufgedeckt.

Mr. Gordon verabschiedet sich freundlich von mir und wünscht mir eine gute Nacht. Dann verlässt er leise das Zimmer, nachdem er den Kerzenleuchter auf der Anrichte angezündet hat. Ruhiges, gelbweißes Licht breitet sich im Raum aus.

Merkwürdig, dass das Haus noch nicht an die Stromversorgung angeschlossen ist, wo doch gegenüber die Tankstelle und die anderen Gebäude schon angeschlossen sind. Vielleicht hat der Alte sich geweigert, den ‚Segen der Neuzeit' in sein Haus Einzug halten zu lassen?

Ich wasche mir in der Waschschüssel Gesicht und Hände, bevor ich mich umziehe. Das Wasser ist angenehm warm, das erhöht nur noch meine Müdigkeit. Rasch ziehe ich die Vorhänge ganz zu und krieche in das Bett.

Trotz aller Gedanken, die eben noch in meinem Kopf kreisten, schlafe ich sofort ein.

*

Das Feuer knistert in der Mitte des Raumes während draußen der Wind langsam stärker wird.

Die Zeit fliegt vorbei. Ohne Höhen, ohne Tiefen. Heute ist der Tag vor Beltaine, dem Fest des Sommeranfanges und der Fruchtbarkeit. Die Vorbereitungen für die großen Feierlichkeiten sind in vollem Gange. Ich bin mit zwei anderen eingeteilt, das Holz für die Zeremonie zu sammeln und aufzuschichten. Marga bereitet mit den anderen Frauen das Essen für das Festmahl nach dem Ritual.

Morgen, mit Beginn der Dämmerung, werden die großen Holzhaufen aus Eichen- und Eibenholz entzündet. Während das Vieh dann an den lodernden Flammen vorbeigetrieben wird, um durch den Qualm von bösen Geistern gereinigt zu werden, werden die Druiden den heiligen Gesang anstimmen. Damit bitten sie die Götter für dieses Jahr um Ihren Segen.

Das Beltainefest ist das wichtigste und schönste im ganzen Jahreszyklus, der Tag davor jedoch gehört den bösen Geistern. Am Vorabend des

Sommerbeginnes ziehen sie umher und können das Vieh verhexen und großes Unheil anrichten. Aus diesem Grunde sind wir froh, die Vorbereitungen noch vor Anbruch der Dämmerung abgeschlossen zu haben und uns in unsere Häuser zurückziehen zu können.

Düstere Regenwolken sind vom Meer heraufgezogen, hängen schwer über den Wäldern und an den Berghängen. Wenn es heute Nacht regnet, wird es schwierig werden, morgen die Reinigungsfeuer zu entzünden. Zur Sicherheit haben wir sie bereits mit gefetteten Fellen abgedeckt, aber ob sie so einem nächtlichen Dauerregen standhalten, ist ungewiss.

Bevor ich den Eingang zur Hütte verschließe, sehe ich noch, wie der volle Mond gerade von einer dicken, schwarzen Wolke freigegeben wird. Sein Schein taucht den Festplatz in ein überirdisches Licht. Die Druiden bewegen sich geisterhaft im Schein der Fackeln und singen Beschwichtigungsverse.

Mir stehen die Nackenhaare zu Berge, als ich mich zum Essen an das Feuer setze. Marga ist, trotz ihrer beachtlichen Leibesfülle und der damit verbundenen Unbeweglichkeit, guter Laune und schon auf den morgigen Festtag eingestimmt.

Ich aber esse ohne Appetit und werfe mich auf meinem Nachtlager hin und her, bis der Mantel des Schlafes mich endlich vollständig bedeckt hat.

Es ist ein tiefer, traumloser Schlaf.

Wie von einem Donnerschlag getroffen werde ich plötzlich wach. Ein leichtes Grummeln läuft noch durch die Luft, als das Innere unserer Hütte durch einen Blitz plötzlich in gleißendes Licht getaucht wird. Und schon ist auch der Donner da. Über uns, neben uns, in uns, noch ehe das Licht verblasst ist.

Marga schreit auf, sie hält beide Hände fest auf ihren Leib gepresst. Wenn nur jetzt nicht die Wehen einsetzen!

Wieder umfangen uns Blitz und Donner mit ihrem eisigen Griff, der einem sogar den Atem lähmt.

In der plötzlich einsetzenden Stille höre ich draußen Schreie und Rufen. Ich raffe mein Fell zusammen, lege es um die Schulter und renne hinaus. Kaum nehme ich wahr, dass Marga versucht, mich am Umhang festzuhalten, zurückzuziehen.

„Nein, Anamh, nein!"

Vor der Höhle empfängt mich beißender Rauch. Ich schaue auf den Festplatz. Die Beltainefeuer stehen in hohen Flammen.

Zu früh! Doch nicht heute, in der Nacht der bösen Geister!

Offenbar hat der Blitz sie entzündet.

Alle?
Wie ist das möglich?

Die beiden Druiden liegen reglos im Schein der Feuerlohen auf dem Boden.

Das Vieh grunzt und stampft ängstlich in seinem Pferch. Ich renne zum Festplatz. Einige Hütten brennen ebenfalls. Aber noch ist niemand zu sehen. Vermutlich sind sie alle noch wie gelähmt von dem Crescendo aus Licht und Lärm.

Am Rand des Waldes wälzt sich ein Wildschwein im Gras. Seine Rückenborsten stehen in Flammen. Da schlägt eine Feuerkugel direkt neben dem Eber ein. Entsetzt quiekend springt er auf und rast mitten in den Pferch, in dem unsere Tiere panisch werden.

Die Kühe drehen sich wie wild im Kreis. Sie versuchen, dem struppigen Feuerteufel auszuweichen und durchbrechen das Gatter. Die Herde rennt in wilder Angst zwischen den lodernden Beltainefeuern hindurch.

Genau auf mich zu.
Ich werde zu Boden gestoßen

Erde um mich herum. Hufe. Dröhnende Angst.

Schreie. Marga!

Mein Kind! Ich weiß plötzlich, dass ich es nie sehen werde. Mein Leben zieht an mir vorbei in der Zeit eines Hufschlages.

Angst. Schmerz. Schwärze.

Es ist vorüber.

Gleißendes Licht.

*

Ich fahre aus dem Bett hoch. Das Leuchten eines weiteren Blitzes fällt durch den Spalt der Vorhänge auf das keltische Kreuz an der Wand.

Ich bin in Schweiß gebadet. ich habe soeben meinen eigenen Tod erlebt.

Nein! Nur ein Traum! Aber schrecklich wirklichkeitsnah.

Ich habe Schwierigkeiten, mich in der ungewohnten Umgebung zu orientieren. Mein Verstand muss erst erfassen, wo oben und unten ist. Wo das Fenster, wo die Tür. Ich bin nicht zuhause in Cambridge in meinem Bett.

Auch liege ich nicht in Felle gehüllt auf einem schlammigen, durchwühlten Boden.

Ich liege in einem Bett, irgendwo zwischen Exeter und der Westküste Cornwalls. Ich bin

Adam Jefferson, Geophysiker und zurzeit auf Urlaub.

Evelyne, meine Freundin hat mich vor zwei Wochen ‚verlassen', da wir übereingekommen waren, dass das Stipendium in den Staaten wichtiger war als ihre ‚Karriere' am königlichen Hof.

Natürlich hatten wir uns nicht leichtfertig getrennt, sondern hatten alles Für und Wider immer wieder besprochen und sorgsam durchdacht. Nächtelang. Schließlich kann man eine fünfjährige Beziehung nicht mal einfach so für ein Jahr unterbrechen.

Außer ihrem Telegramm am Tag der Ankunft in Los Angeles habe ich nichts mehr von ihr gehört. Ich hoffe, es geht ihr gut. Die Tage vor dem Abflug hatten ihr ganz schön zu schaffen gemacht: Depressionen, Schlaflosigkeit, Übelkeit.

Aber wir hatten unsere Entscheidung getroffen, und ein Jahr ist ja auch keine Ewigkeit. Vielleicht fliege ich mal rüber um sie zu besuchen?

Aber erst mal ...

Aber erst mal drehe ich mich wieder auf die andere Seite, schließe die Augen und warte auf den Schlaf, der schon bereitsteht, seinen wärmenden schwarzen Mantel über meine bleischweren Knochen zu decken.

*

Ich ziehe den Mantel enger um mich.

Es ist kalt geworden, seit die Sonne auf dem Weg in ihr Nachtquartier sich hinter den Bäumen auf dem Berg im Westen versteckt hat. Nur einige rotgelbe Strahlen lecken noch zwischen den Bäumen hindurch bis auf den Berg, auf dem wir uns versammelt haben. Sie tauchen den Redner und seine Anhänger in ein flimmerndes Licht. Es lässt sie aussehen, als schwebten sie über dem felsigen Boden, der die Sonnenstrahlen zu verschlucken scheint.

Jetzt schaut der Nazarener zu uns herüber, die untergehende Sonne lässt sein Antlitz aufleuchten. Er hätte sich keinen besseren Ort aussuchen können, um seinen Worten die richtige Wirkung zu geben. Zu Hunderten sind wir hinter ihm und seiner kleinen Gruppe hergezogen, von Neugier beflügelt, was er uns diesmal zu sagen hat.

Man sagt, er sei ein Aufwiegler, ein Scharlatan, ein Dorn im Fuße der Römer, der seit langer Zeit fest auf unserem Heimatland steht. Er soll behauptet haben, er wäre der neue König der Juden. Nicht zu glauben, bei der einfachen Erscheinung, die er abgibt.

Aber seine Reden sind einzigartig. Nicht feurig oder hitzig. Nein, mehr schwärmerisch, bildhaft, ohne einen Funken von Zorn oder Hass. Worte mit Flügeln, die einem direkt ins Herz fliegen.

Ich habe viele seiner Reden gehört. Niemals hat er Anspruch auf die Herrschaft erhoben. Oder auch nur offen die Herrscher verurteilt. Er hat immer nur ein Bild von einer schöneren, friedvolleren Welt gewoben, das er uns vor Augen gehalten hat. Ein Bild, in dem die Römer mit ihrer Diktatur freilich keinen Platz hatten.

Gleichnisse nennt er sie, seine Geschichten aus einer anderen Welt. Geschichten, die sich hier und jetzt zutragen, die wir bisher aber nur mit den Augen, nie mit dem Herzen zu sehen vermochten.

Ein Idealist. Sicherlich!
Ein Aufrührer? Nein!

Sonst wäre ich ihm und den anderen auch nicht hierher gefolgt, wo ich Zeuge seiner bisher wohl längsten und ausdrucksvollsten Rede werden durfte.

Aber nun scheint er uns nicht mehr zu sagen zu haben. Er dreht uns den Rücken zu und wendet sich an seine Anhänger. Unruhe kommt auf. Einige murren. Rufen laut.

„Weshalb hast du uns ausgerechnet hierhin gerufen? So weit weg von zuhause?"

"Es wird Nacht. Wir können im Dunkeln den Rückweg nicht mehr antreten."

"Hast du nicht an Fackeln gedacht?"

"Sollen wir auf dem nackten Felsen schlafen?"

"Was sollen wir essen? Wir sind dir seit Mittag gefolgt. Wir haben Hunger!"

Die Unruhe setzt sich vom Fuße des Berges wie eine Welle nach oben fort. Jetzt schwappt sie auch auf den Nazarener und sein Gefolge über. Sie beginnen, zu debattieren. Einer von ihnen, es war wohl Jehuda, hatte in weiser Voraussicht zwei Körbe mit Brot und Karaffen mit Wasser und Wein mitgebracht. Er scheint aber nicht bereit zu sein, seinen Vorrat auch mit uns Umherstehenden zu teilen. Fest hält er einen Korb umklammert.

Wie sollte er auch etwas abgeben? Es ist gerade genug um die kleine Gruppe dort zu sättigen. Würde er alles austeilen, bliebe jedem nur ein Krümel.

Der Prediger jedoch redet auf Jehuda ein wie eine Mutter auf ein kleines Kind. Schließlich gibt dieser murrend seinen Widerstand auf und lässt den Korb los.

Der Nazarener dreht sich wieder uns zu, die Strahlen der Abendsonne fallen noch immer auf sein Gesicht. Und auf seine Hände. Und jetzt auch auf den flachen Felsen, auf den er den Korb

abstellt. Langsam nimmt er das Brot heraus und bricht es in kleine Teile. Ich kann nicht verstehen, was er sagt. Der leichte Wind, der aufkommt, bläst seine Worte fort.
Mit einer Handbewegung holt er die zuvorderst Stehenden näher heran.

Gerichon, der Zimmermann, der eben als einer der lautesten nach Essen geschrien hatte, greift jetzt verschämt in seinen Umhang und holt ein Brot und ein paar Feigen heraus. Langsam legt er alles zu den Brotstücken.

Der Nazarener teilt das Brot.

Als wäre dies ein Signal, kommt jetzt Bewegung in die Umstehenden. Viele drängen nach vorne und legen die mitgebrachten Speisen und Krüge auf den flachen Stein. Beschämt, aber auch beglückt, gehen sie wieder an ihren Platz zurück.

Schließlich ist die Tafel gedeckt. Sicherlich nicht genug, damit sich jeder satt essen kann, aber für jeden ist etwas da.

Aber außer Trank und Speise erhält jeder heute etwas, das er noch lange in seinem Herzen tragen wird. Nicht nur unsere Leiber sind gesättigt worden, auch unsere Herzen sind wohltuend gefüllt.

Stille Geschäftigkeit setzt ein, als alle anfangen, sich einen Platz zum Schlafen zu suchen. Allein oder in kleinen Gruppen ziehen sie sich in die

Höhlen zurück oder strecken sich auf dem weichen Moos aus.

Welch ein Tag!

Wenn ich daran denke, als ich diesen Jeshua das erste Mal sah! Damals hätte ich mir das alles nicht träumen lassen.

Das ist schon einige Jahre her. Ich besuchte meinen künftigen Schwiegervater auf der Baustelle seines neuen Hauses in Kanaan. Die Handwerker waren gut vorangekommen, seit meinem letzten Besuch. Das Dach würde in der nächsten Woche gedeckt werden.

Während ich mich mit meinem Schwiegervater über die Änderungen der Inneneinteilung unterhielt, fiel mein Blick auf einen Zimmermann, der beim Einpassen einer Tür offenbar Schwierigkeiten hatte. Die Nische war wohl zu klein gelassen worden, oder die Tür zu groß ausgefallen. Jedenfalls, wie dieser Zimmermann es drehte und wendete, sie passte nicht hinein.

Was mich aber stutzig machte, er gab nicht auf. Nicht, dass er etwa die Türöffnung größer gemeißelt oder das Holz abgehobelt hätte. Nein. Er probierte es wieder und wieder.

Ich wollte das Gespräch nicht unterbrechen, um auf diesen merkwürdigen Gesellen aufmerksam zu machen, so wartete ich eine Gesprächspause ab. Als ich mich dann wieder erneut dem Bau zuwandte, um meinen Schwiegervater zu fragen, weshalb er diesen Zimmermann eingestellt hätte, hielt ich erstaunt in der Bewegung inne.

Die Tür saß in der vorgegebenen Öffnung und dieser Zimmermann grinste vergnügt in sich hinein. Er rieb sich seine Hände in seiner Kleidung ab und ging zu den Maurern hinüber.

Außer mir war wohl niemand auf dieses seltsame Geschehnis aufmerksam geworden, so dass ich begann, an meinen Sinnen zu zweifeln. Oder hatte mir dieser Geselle nur einen Streich gespielt?

Mein Schwiegervater schaute in die Richtung, in die noch immer mein ausgestreckter Arm wies.

„Ein tüchtiger Mann, dieser Jeshua."

Hoffentlich hatte er meinen immer noch offenstehenden Mund nicht bemerkt.

„Er ist vor drei Wochen hier angekommen und hatte ein Empfehlungsschreiben meines Bruder Jakobi bei sich. Ich bereue es nicht, ihn noch eingestellt zu haben. Er ist einer der tüchtigsten und fähigsten Zimmerleute, die mir bisher geholfen haben.

Schau nur diese Tür. Die hat er allein gezimmert. Sie passt genau, ohne Ritzen und Ecken, durch die es zieht.

Massiv gebaut, so dass sie Sturm und Regen ein Leben lang standhalten wird. Und doch so verspielt gearbeitet. Sieh nur hier, dieses Schnitzwerk."

Ein Dornbusch war in die Mitte der Tür geritzt, dessen Trieb nach außen hin immer umfangreicher zu wuchern begannen und schließlich in kleinen Rosenknospen mündeten.

„Auf der Innenseite ist das gleiche Muster angebracht. Sieh nur! Es scheint absolut identisch zu sein mit dem Muster auf der Außenseite."

„Wie hat er das nur gemacht? Es scheint wirklich völlig überein zu stimmen."

„Das weiß Gott, woher er diese Fähigkeiten hat. Ein begnadeter Künstler."

Wirklich, ich musste diese Tür bewundern. Ein Meisterstück der Zimmermannskunst. Ähnliches habe ich nie wiedergesehen. Ich blickte wieder zu Jeshua hinüber. Er spielte jetzt mit irgendwelchen Kindern. Fröhlich und unbeschwert sprang er hinter dem Ball her, während am Haus weitergearbeitet wurde.

Das war das erste Mal, dass ich den Nazarener traf. Damals konnte ich noch nicht ahnen, wann und wo sich unsere Wege wieder kreuzen würden.

Das zweite Mal traf ich ihn, den ich jetzt ‚Prediger' nenne, vor etwa drei Jahren, auf meiner Hochzeit mit Rafka.

Es war der Tag, den wir beide mit Spannung erwartet hatten. Damals dachte ich, den Höhepunkt des Glückes mit der Gründung einer Familie erreicht zu haben.

Nach den offiziellen Zeremonien fand im Haus meines Schwiegervaters die Hochzeitsfeier statt. Ich hatte in eine wohlhabende Familie hineingeheiratet. Es war eine sehr prunkvolle, große Hochzeitsfeier. Verwandte, Freunde, Nachbarn, alle waren geladen.

Erst am späten Abend bemerkte ich inmitten aller Gäste wieder diesen Zimmermann, der zusammen mit seiner Mutter gekommen war. Dieses Mal wirkte er keineswegs so unbeschwert wie auf der Baustelle Jahre vorher. Nicht, dass er schwermütig herumgesessen hätte. Das nicht. Er war mehr ein ruhender Punkt inmitten der ausgelassenen Festgesellschaft.

Zu fortgeschrittener Stunde sprach mich der Mundschenk, den wir für die Feier eingestellt hatten, an.

„Unser Vorrat an Wein geht zur Neige. Ich getraue mich aber nicht, es dem Herrn des Hauses zu sagen. Ich hatte ihn nämlich bereits schon vor der Feier darauf hingewiesen, dass der Weinvorrat zu knapp kalkuliert sei.

Er hat mich jedoch einen ‚unverbesserlichen Trinker' geschimpft und war nicht bereit, den Vorrat zu vergrößern.
Würde ich ihn jetzt auf seinen Fehler aufmerksam machen, würde er mir das nur als Schadenfreude auslegen. Aber nichts liegt mir ferner, als ihm an diesem schönen Abend seinen Fehler entgegenzuhalten."

„Deine Einstellung ehrt dich", sagte ich. „Ich werde versuchen, noch etwas Wein aufzutreiben, ohne dass mein Schwiegervater es bemerkt."

So ging ich langsam von Tisch zu Tisch und fragte die Nachbarn, ob sie uns aus unserer Verlegenheit helfen könnten. Die einen hatten jedoch schon ihren Vorrat für das Fest zur Verfügung gestellt, die anderen bedauerten, nicht über einen größeren Vorrat zu verfügen.

So kam ich auch an den Tisch des Jeshua. Als er von unseren Schwierigkeiten hörte, stand er auf, nahm mich bei der Hand und winkte dem Mundschenk zu. Gemeinsam stiegen wir hinab in den Vorratsraum.

"Vergeblich!", sagte der Mundschenk, "Ihr werdet keinen Tropfen mehr im Vorrat finden. Ich habe alle Krüge auf den Kopf gestellt. Nicht mehr genug in allen, um den Boden eines Bechers zu benetzen."

Er steckte den Schlüssel, den er an einer Schnur um die Hüfte trug in das Schloss und drehte um. Es knackte laut. Jeshua öffnete die Tür zum

Vorratsraum. Dort standen ordentlich gestapelt mindestens fünfzig Krüge Wein.

Dem Mundschenk fiel vor Erstaunen der Becher aus der Hand, den er mit hinuntergenommen hatte.

Und Jeshua lächelte das Lächeln, das er auch gelächelt hatte, als er das Fenster in jenem Haus eingepasst hatte.

Bis heute weiß ich nicht, wie es geschehen konnte, dass unser Vorrat auf so seltsame Weise wieder ergänzt wurde. Die Jünger Jeshuas sagen, es sei eines seiner Wunder gewesen. Andere behaupten, er hätte den Wein als Hochzeitsgeschenk mitgebracht und einfach still und heimlich den Vorrat aufgefüllt, als oben während der Feier keiner auf sein Fehlen geachtet hatte.

Aber wie hätte er das tun können, ohne den Schlüssel des Mundschenks?

Das war dieser wundersame Jeshua, wie ich ihn kennen gelernt hatte. Nun folge ich ihm schon seit einigen Wochen, fasziniert von seiner Ausstrahlung, seinen Reden, seinem Handeln.

Die Trennung von Rafka erfolgte leider nicht im gegenseitigen Einverständnis, vielmehr im Zorn. Sie war nicht empfänglich für die Worte des Predigers, hielt ihn für einen Scharlatan. Sie beschwor mich, zuhause zu bleiben, bei meiner werdenden Familie. In drei Monaten ist der errechnete Geburtstermin für unser erstes Kind.

Aber selbst das konnte mich nicht halten. Es soll ja auch kein Abschied für immer sein. Ich will mich nur eine Zeitlang in der Umgebung des Nazareners aufhalten, mich in der Kraft, die er ausstrahlt, wohl fühlen. Ich werde versuchen, rechtzeitig zur Geburt zurück zu sein. Drei Monate sind noch weit hin.

Es wird kalt auf dem Berg. Ich rolle mich zusammen, um mich zu wärmen. Die Nacht deckt den schwarzen Mantel des Schlafes über mich, während sich Gedanken und Traum vermischen.

Die Zeit verliert ihre Bedeutung. Gedanken fliehen davon.

Zweieinhalb Jahre ist es jetzt her, dass ich Jeshua, den Sohn Gottes, zuletzt gesehen habe. Es war am Tage seines gewaltsamen Todes. So hatten seine Feinde letztlich doch gesiegt. Aber es war kein klarer, schöner Sieg. Es war ein Sieg, der mit einem Makel behaftet war. Wie ein strahlender, roter Apfel, in dem ein Wurm haust und der langsam von innen zerfressen wird.

Ich jedenfalls kann nicht glauben, dass mit seinem Tode alles vorbei sein soll. Auch wenn er am Kreuze wie ein Verbrecher zwischen anderen Verbrechern sein irdisches Leben aushauchte, so kann, darf doch sein Wirken und sein Tod nicht umsonst gewesen sein.

Ich war nach seiner Predigt auf dem Berg nicht mehr nach Hause zurückgekehrt. Zu sehr hatte er mich in seinen Bann gezogen, auch wenn ich nie direkten Kontakt zu ihm gesucht habe, wie seine Jünger. Ich folgte ihm und seinem Gefolge wie ein Schatten im Laufe eines Tages. Einmal dichtauf, einmal in sicherer Entfernung. Ich versuchte, nicht seine Aufmerksamkeit zu erregen, da ich mich vor einem Gespräch mit ihm fürchtete. Aber ich suchte auch seine Nähe, wann immer es möglich war.

Einmal jedoch, es war in einem kleinen Dorf im Bekaatal, waren die Schranken zwischen uns gefallen.

Es war, als fasste ich mit beiden Händen, jedoch ohne mich zu verbrennen, in ein loderndes Feuer, das ich jahrelang gehütet hatte.

„Weshalb folgst du mir?", fragte er, während er am Rande des Dorfbrunnens im Schatten auf einer Bank saß. Er hatte mich direkt angesprochen, aus einer kleinen Gruppe der Dorfbewohner heraus, die warteten, von seinen Jüngern vorgelassen zu werden, um ihm ihre Sorgen und Nöte schildern zu können. Viele waren mit Gebrechen zu ihm gekommen, viele waren geheilt worden.

Ich konnte ihm anmerken, wie sehr ihn diese Gespräche erschöpften, und ich bewunderte die Geduld, mit der er sich trotzdem aller Probleme annahm und jeden mit einem Gefühl der Zufriedenheit wieder entließ.

Das war es wohl auch, was ihm zum Verhängnis wurde. Diese selbstlose, aufopfernde Art, mit der er mit allen umging, mit Freunden, Bittstellern, Kranken und mit denen, die versuchten, ihm Fallen zu stellen.

Langsam trat ich vor.

„Sprichst du mit mir, Jeshua?", fragte ich erstaunt.

„Sicherlich. Komm, setze dich zu mir, Alfas. Lange genug bist du mir gefolgt, ohne zu wissen, warum. Deine Frau hat inzwischen eine Tochter geboren, und du bist nicht bei ihr gewesen. Und, das sollst du jetzt erfahren, wenn du den dir bestimmten Weg zu Ende gehst, wirst du sie beide auch nicht mehr sehen.

Komm, setze dich zu mir!"

Meine Gedanken wirbelten durcheinander. Rafka! Die Geburt unseres Kindes! Ich war Vater geworden! Soviel Zeit war schon vergangen? Ich hatte mein früheres Leben fast völlig vergessen.

Woher aber wusste er das alles? Woher wusste er, wer ich war? Mir wurde schwindelig. Langsam, wie in Trance, setzte ich einen Fuß vor den anderen und ging auf den Brunnen zu.

„Setze dich, Alfas!" Er streckte mir beide Hände entgegen und lächelte. Lächelte wie damals, in

der Zeit, die mir nun schon ein Leben lang zurückzuliegen schien.

Er griff meine Hände und sie schienen in einem Funkenregen zu vergehen. Während er mich neben sich auf die Bank zog, wurde ich von einem schwarzen, bodenlosen Strudel verschluckt. Ich wirbelte herum, zappelte, versuchte loszukommen und wurde doch immer tiefer in das Loch hineingezogen.

Dann plötzlich, wie mit einem hellen Glockenklang, herrschte unendliche Ruhe. Ein alles umfassender Friede, mit den Farben der schönsten Blüten gemalt und mit ihrem süßen Duft angefüllt.

Ich saß neben ihm auf der Bank. Gegenüber, an die Hütte gelehnt, stand ein kleiner Junge und bohrte in der Nase. Seine Jünger saßen etwas abseits im Schatten einer alten Zeder und unterhielten sich leise. Niemand schien das eben Geschehene bemerkt zu haben.

Ich weiß nicht, wie lange ich da neben ihm gesessen habe. Es kam mir vor, als wären es Äonen gewesen, aber gleichzeitig nur Bruchteile einer Sekunde.

Wie von weither drang seine Stimme zu mir, erst verschwommen wie ein Echo meiner Gedanken, dann klar und hell:

"Du kennst jetzt deinen Weg. Du wirst wissen, wenn es an der Zeit ist, aufzubrechen. Ich werde dich auf deinem Weg begleiten, so wie du auch mich begleitet hast. Und nun gehe!"

Ich stand auf und verließ das Paradies, in dem ich neben ihm hatte wohnen dürfen. Doch zog ich wie an einem unsichtbaren Faden einen Teil davon mit mir mit. Ein Faden, dessen eines Ende tief in meiner Seele verknüpft war und dessen anderes Ende im Herzen des Paradieses wurzelte.

Ich weiß nicht, wie lange ich ihm noch so folgte. Zeit spielte keine Rolle mehr für mich. Ich verbrachte meine Zeit in den Tempeln mit dem Lesen der heiligen Schriften, mit kleinen Gelegenheitsarbeiten und damit, immer wieder aufs Neue die Spur des Predigers aufzunehmen und ihm zu folgen. In dieser schönen Zeit habe ich viel gelernt.

Wie alles Irdische hatte auch das Leben Jeshuas seinen Höhepunkt, der gleichzeitig sein Ende bedeutete. Ich hatte gehört, dass er verhaftet worden war und war nach Jerusalem geeilt. Zwei Tage war ich zu Fuß unterwegs. Als ich endlich in der Hauptstadt angekommen war, war es bereits geschehen: Diejenigen, denen Jeshua den himmlischen Frieden bringen wollte, hatten ihn zum Tode verurteilt.

Nein, nicht die verhassten Römer, das Volk der Juden selbst hatte seinen Tod gefordert. Konnten sie denn nicht erkennen, dass er alles andere war als ein Gotteslästerer oder Aufrührer? Waren ihre Augen und Ohren, war ihr Herz so verschlossen?

Es war ein finsterer, regnerischer Tag, als ich Jerusalem erreichte. Trotz des schlechten Wetters waren die Straßen gesäumt von Schaulustigen. Ich reihte mich ein, um zu erfahren, was los sei. Doch bevor ich noch eine Antwort erhielt, sah ich ihn. Er trug sein Kreuz auf dem Weg zu seiner Hinrichtung. Im gleichen Moment sah er auf, unsere Blicke trafen sich und er strauchelte. Unter der Last des Kreuzes fiel er zu Boden. Mein erster Impuls war, loszulaufen, doch sein Blick hielt mich wie gelähmt auf der Stelle.

Einer der Umstehenden, ein Dunkelhäutiger, wühlte sich durch die Menge. Er half ihm auf und trug für ihn das Kreuz. Keiner, auch nicht die anwesenden römischen Soldaten, sagte etwas.

Meine Knie gaben nach, ich sank zu Boden. Als ich wieder zu mir kam, fand ich mich im Schatten eines Wirtshauses auf einer Bank wieder. Eine Hebamme hatte meinen Zusammenbruch bemerkt und mich von zwei starken Männern dorthin tragen lassen. Ich dankte ihr für Ihre Hilfe, versicherte mehrmals, dass es mir wieder gut ginge, dann ließ sie mich allein.

Ich hatte nicht die Kraft, der Menge zum Kreuzberg zu folgen. Ich ging in das Wirtshaus und bestellte einen Wein nach dem anderen.

Stunden, Tage verbrachte ich in dem wohligen Nebel des getrübten Bewusstseins, wanderte von einer Schenke zur nächsten und schlief dort ein, wo mein müder Körper gerade hinfiel. Irgendwann, ich weiß nicht mehr, wann es war, bog ich nach einer unruhigen Nacht um die Ecke zum nächsten Wirtshaus, da stieß ich mit einem aufgeregten jungen Mann zusammen. Ich hatte ihn schon öfters bei den Jüngern Jeshuas gesehen.

„Er lebt!", schrie er „Er lebt. Jeshua von Nazareth ist wieder auferstanden."

War es der Name, der tief an meinem Herzen rührte, war es der Schock des ungewollten Zusammenpralles? Mit einem Schlag war ich wieder nüchtern. Und ich erinnerte mich an seine Worte: „Du wirst wissen, wann es Zeit ist, aufzubrechen."

Nun, dies war der Zeitpunkt. Und ich würde mich auf den Weg machen. Wohin? Unwichtig, er würde bei mir sein, mir den richtigen Weg weisen.

Und so begann eine sechs Jahre dauernde Reise, die mich über Alexandria, die Insel Creta, Macedonia, Italia schließlich an die Küste der Belgen führte. Von hier aus setzte ich, immer noch nicht am Ziel meiner Reise, nach Britannia über. Während meiner Reise wechselte ich oft meinen Namen, nannte mich Paulus, Marcus, Petrus, nur um der einsetzenden Christenverfolgung zu entgehen.

Britannia ist ein schönes Land. An seiner Südwestküste angekommen durchwanderte ich die Wälder, oft in dem Gefühl, vertraute Pfade, Flüsse und Berge wiederzusehen. Es ist ein Land, das von seinen ursprünglichen Einwohnern noch als Gottheit verehrt wird. Jedenfalls da, wo der Arm Roms es noch nicht fest genug in seinem Griff hat.

Nun bin ich am Ende meiner Reise angelangt, einer kleinen Insel Namens Iona, an der Westküste Britannias. Nach dem Glauben der Einheimischen liegt hier ein Zentrum der Macht der Druiden, ein Omphalos. Hier werde ich mich niederlassen und das Wort Gottes verkünden. Wie ich erfahren habe, bin ich auch nicht der Einzige, der sich dies zu seiner Lebensaufgabe gemacht hat. Die Jünger Jeshuas haben sich in alle Teile der Welt verstreut, um von ihrem Glauben und seinen Worten und Taten zu berichten.

Ich werde es nicht erfahren, ob sein Leben und Sterben so gewichtig waren, dass sie sich in der Geschichte der Menschheit festschreiben werden. In meinem Herzen aber sind sie festgeschrieben auf ewig. Und davon werden ich den Britanniern Kunde tun.

*

Ich schaue auf das Holzkreuz an der Wand. 'Jesus von Nazareth, König der Juden', so steht es eingeritzt in der kleinen Holztafel über dem gebrochenen, menschlichen Körper des Gottessohnes.

Nein, die Geschichte hat ihn nicht übergangen. Er hat Geschichte gemacht.

Das Kreuz leuchtet im rosafarbenen Licht der aufgehenden Sonne. Ich hatte doch die Vorhänge zugezogen? Erst als ich aufstehen will, bemerke ich, dass ich vor dem Bett knie.

Wieder haben sich Traum und Wirklichkeit vermischt. Wieder bin ich völlig ohne Orientierung, muss meinen Geist erst frei machen von der Anwesenheit eines anderen Bewusstseins, das ihn noch an diesen anderen Ort und diese andere Zeit bindet.

Ob das Fleisch gestern Abend nicht in Ordnung war? Eine so unruhige Nacht habe ich noch nie erlebt. Aber nun ist es vorbei. Der Tag ist angebrochen, und offenbar scheint es gutes Wetter zu geben. Es muss schon ziemlich spät sein!

Ein Blick auf die Uhr: zwanzig nach acht. Höchste Zeit, dass wir uns auf den Weg machen. Huch! Sie geht wieder!

Schon klopft es an der Tür. „Herein!", sage ich zaghaft, noch unter dem Eindruck der letzten Nacht. Mr. Gordon öffnet leise die Tür.

„Oh, Sie sind schon auf? Ich wollte sie gerade wecken. Das Frühstück wird in etwa zwanzig Minuten fertig sein. Bitte kommen Sie doch rechtzeitig hinunter."

Hastig wasche und rasiere ich mich und ziehe mich an. Wann werde ich endlich einmal Zeit haben, nachzudenken? Nach einem Blick durch das Fenster auf den schönen, klaren Herbsthimmel verlasse ich das Zimmer.

Die Treppenstufen knarren schrecklich, so dass ich mich sicherheitshalber am Holzgeländer festhalte. Als ich auf der vorletzten Stufe bin, öffnet sich die Zimmertür von Mr. Smith. Er sieht mich, lächelt mich an. Sein Lächeln kommt mir irgendwie bekannt vor.

„Guten Morgen, Adam. Ich darf doch Adam sagen, oder? Ich heiße Paul!"

Er streckt seine Hand aus und ich ergreife sie. Ein kleiner Funken springt über. Erschrocken ziehe ich meine Hand zurück.

„Statische Elektrizität", sagt Mr. Gordon, der in der Tür zum Wohnzimmer steht. „Man hat mir schon so oft geraten, den alten Teppich rauszuschmeißen, aber ich hänge an dem Ding. Außerdem braucht man auch schließlich etwas Strom im Haus."

Er grinst über das ganze Gesicht. „Kommen Sie herein, der Tee ist gerade fertig."

Er trägt die gleichen Sachen wie am Vorabend, Jeanshosen und einen dunkelgrauen Rollkragenpullover. Sportlich für einen Mann seines Alters. Paul trägt eine dunkelgrüne Wollhose und ein auffällig bunt gemustertes Hemd. Steht ihm trotz des schrillen Musters besser als die Klempnermontur.

Als wir ins Wohnzimmer gehen, ist Peggy gerade dabei, den Toast auf den Tisch zu stellen.

„Guten Morgen, Adam. Haben Sie gut geschlafen? Was man in der ersten Nacht in einem fremden Bett träumt, geht in Erfüllung, sagt man."

„Oh nein!" stöhne ich, „Alles, nur das nicht!"

Mr. Gordon und Paul lachen lauthals los, während Peggy verständnislos zwischen den beiden hin und her, dann zu mir blickt.

„Wird schon nicht so schlimm gewesen sein, alter Junge", sagt Paul und klopft mir auf die Schulter. „Bei uns sagt man, Träume sind Schäume. Also los, essen wir etwas, mir knurrt schon der Magen."

Wir setzen uns an den runden Tisch, und nachdem Mr. Gordon das Tischgebet gesprochen hat, beginnen wir mit dem Frühstück. Peggy gießt den Tee ein, Paul reicht das Toastbrot herum. Verglichen mit dem Abendessen herrscht hier am Tisch eine vergnügte, lockere Atmosphäre. Paul flachst mit Peggy herum und ich erfahre, dass er sie heute Morgen mitnehmen wird. Sie hat eine Stelle als Krankenschwester in

Aussicht und ist froh, mit uns rechtzeitig zum Vorstellungsgespräch dort sein zu können.

„Es ist zwar erst morgen früh, aber dann bleibe ich eben gleich ein paar Tage bei meiner Tante Ellen, die hat dort eine Pension. Und ich erspare mir die unbequeme Busfahrerei. Haben Sie eigentlich schon eine Unterkunft, Adam? Wo wollen Sie überhaupt hin?"

Das war die Frage, die ich schon so lange befürchtet hatte. Das wusste ich eben selbst nicht.

„An die Küste, Urlaub machen, glaube ich", sagt meine Stimme, während mein Verstand schweigt. „Ich habe ein paar Tage frei und wollte mich mal ein bisschen umsehen."

„Hoffentlich haben Sie die Badehose dabei!", frotzelt Mr. Gordon. „Sie haben sich ja nicht gerade das beste Wetter ausgesucht."

Ich schweige. Was soll ich auch anderes tun?

Mr. Gordon geht in die Küche und kommt mit vier Tellern mit Bohnen, Spiegeleiern und Speck zurück. Nur auf Pauls Teller sehe ich keinen Frühstücksspeck.

„Vegetarier!", beantwortet er meine unausgesprochene Frage. „Wie Jesus!" Das war mir gestern Abend gar nicht aufgefallen, zu sehr war ich mit meinem eigenen Essen beschäftigt gewesen.

Der Duft des gebratenen Fleisches erfüllt meine Nase, umfängt meine Sinne.

Früher hatte ich auch das Erntedankfest mit der gleichen Begeisterung gefeiert und das Fleisch nicht verschmäht. Heute aber denke ich anders darüber. Wie kann ich das Fleisch essen, wo Er sein Leben für uns hingegeben hat. Auch die Tiere sind Geschöpfe Gottes.

Ich würde in jedem Bissen das vergangene Leben spüren! Außerdem bin ich auf diese Insel gekommen, um der Bevölkerung die Worte Christi nahe zu bringen, nicht, um mit ihnen ihre unchristlichen Rituale zu feiern.

„Adam, was ist los mit Ihnen? Schmeckt Ihnen das Essen nicht?"

Ich schrecke auf. „Verzeihung, ich war in Gedanken. Ganz weit weg. Und wohl auch in einer anderen Zeit. Seit gestern habe ich so merkwürdigen Visionen und Träume, die mich beschäftigen. Solche Probleme habe ich früher nie gehabt. Liegt vielleicht am Stress, der jetzt der Entspannung weicht."

„Ist ja interessant", sagt Peggy, „Davon müssen Sie mir unterwegs erzählen. Wir haben ja noch viel Zeit zusammen." Sie lächelt vielsagend.

Mit wiederkehrendem Appetit wende ich mich dem salzigen Speck auf meinem Teller zu. Die Unterhaltung plätschert nur so dahin, bis Paul nach seiner vierten Tasse Tee zum Aufbruch drängt.

„So, es wird langsam Zeit, dass wir uns auf den Weg machen. Könnt ihr in einer Viertelstunde fertig sein?"

„Sicher", antwortet Peggy, „kein Problem. Ich hole nur eben meinen Koffer runter."

Ich nicke nur und mache mich auf den Weg nach oben. Schnell sind die paar Sachen wieder im Koffer verstaut und ich stakse vorsichtig die Holztreppe hinunter. Unten steht Mr. Gordon. Wartet, wie eine Mutter, die ihre Kinder auf den Weg zur Schule verabschiedet.

„Ich habe für Euch für unterwegs noch etwas eingepackt", sagt er grinsend und schiebt Peggy einen kleinen Proviantkorb unter den linken Arm. „Damit ihr nicht verhungert."

Seine Fürsorge ist wirklich rührend und ich überlege, was ich ihm für die Übernachtung und das Frühstück schuldig bin. Geld würde er sicherlich nicht annehmen.

„Deswegen macht euch mal keine Sorgen, Jungs." Er deute auf den Frühstückstisch und auf den Proviantkorb.

„Ich habe genug, warum soll ich da nicht etwas übrig haben für ein paar hungrige Gesellen. Bringt mir nur meine Peggy heile über, das ist mir wichtig."

Während ich ihm zum Abschied die Hand drücke und verzweifelt nach den passenden Worten suche, kommt er mir wieder zuvor.

„Ist schon gut, Adam. Es hat mir Freude gemacht, das alte Haus mal wieder mit Leben gefüllt zu sehen. Es ist schon merkwürdig, wen das Schicksal mal wieder zusammengeführt hat.

Das mit deinen Träumen interessiert mich. Darüber solltest du dir mal Gedanken machen. Wir können mal in Ruhe darüber reden, wenn wir uns das nächste Mal wieder treffen. Werden wir bestimmt. Die Welt ist klein. Interessantes Thema, dies."

Mit diesen Worten schiebt er uns aus der Tür hinaus, winkt noch einmal und sperrt dann zu.

Wir steigen in den Rover, nachdem Paul das Gepäck verstaut hat, und fahren los. Es müssen etwa noch einhundert Meilen bis zur Küste sein. Die Fahrt verläuft unterhaltsam. Ich verstehe mich prächtig mit Peggy. Bald schon reden wir miteinander wie alte Freunde.

Sie erzählt mir von ihrem abgebrochenen Medizinstudium, von ihrer abgeschlossenen

Ausbildung zur Krankenschwester, der Beschäftigung mit der Heilkunde der alten Völker, den zahlreichen Jobs, um nicht abzusacken und dem ungebändigten Drang, endlich ihre ‚Lebensaufgabe' zu finden. Ob es dieser Job im Krankenhaus sein wird, hält sie allerdings für sehr fraglich.

„Aber was soll ich mir darüber jetzt Gedanken machen. Auf jeden Fall ist es ein weiteres Mosaiksteinchen im Puzzle meines Lebens."

Paul sitzt stumm am Lenkrad, schaut des Öfteren in den Rückspiegel und lächelt zufrieden.

„Vor fünf Jahren", erzählt Peggy weiter, „bin ich Hals über Kopf nach Jerusalem gefahren. Ich wollte die Klagemauer sehen. Ich habe alle meine Ersparnisse zusammengekratzt und bin losgefahren.

Ich war echt enttäuscht, als ich ankam. Irgendwie hatte ich das alles ganz anders in Erinnerung, also in Gedanken. Ich meine, mir vorgestellt. Ich habe sie nur kurz angesehen und mich vor dem ganzen Kommerz, der dort getrieben wird, geekelt. Zur Touristenattraktion verkommen. Busse, Buden, Fotoapparate, klick, klick, klick.

Es fehlt nur noch, dass man an den Ständen Bruchstücke der Mauer kaufen kann, vielleicht mit einer Widmung versehen oder einem Bibelspruch. Es wäre wirklich schlimm, wenn

Gott tatsächlich darauf angewiesen wäre, in solchen Mauern anwesend zu sein, um verehrt zu werden. Die armen Kleingläubigen!"

Sie lächelt.

„Aber man soll keinem Menschen seinen Glauben, seine Religion nehmen, denn letztendlich ist jede Religion doch nur einer der Finger der Hand Gottes, die dieser uns entgegenstreckt."

„Khalil Gibran!", rufe ich begeistert. „Das ist ein Zitat aus einem seiner Bücher. Er ist einer meiner Lieblingsautoren, ich liebe diese malerische, religiöse Poesie. Sie bildet so einen schönen Abstand zu dem trockenen Arbeitsalltag."

„Finde ich auch!", bekräftigt Peggy. „Wir entdecken mehr und mehr Gemeinsamkeiten. Wo soll das nur hinführen?" Sie grinst verschmitzt.

Paul lächelt. Immer noch.

Ich muss jetzt auch lachen. Eine merkwürdige Gruppe, die da jetzt in diesem Rover auf dem Weg zur Küste ist! Ob ich den Alten wohl noch einmal wiedersehen werde? Ich würde mich freuen.

Peggy verteilt etwas aus dem Proviantkorb. Oatcakes. Kleine, runde Plätzchen, die nur aus

Hafer, Salz und Wasser gebacken sind. Eigentlich eine schottische Spezialität, man sieht es an dem rotbunten Tartanmuster auf der Verpackung.

Ziemlich trocken, das Zeug.

Kaut sich wie Sand. Schrecklicher, pulvriger Sand.

*

Wie damals, in der Wüste.

Drei Tage ist es her, dass ich den letzten Tropfen Wasser gehabt habe. Obwohl er leer ist, habe ich den Beutel aus Ziegenhaut nicht weggeworfen, wie die vielen anderen Dinge, die mich beim Gehen nur behindert hätten.

Hätte ich mich doch nur nicht so weit von der Karawane entfernt! Das Gesetz der Karawane ist einfach, aber hart: Die Karawane hält nicht an.

Sie hat nur eine Chance anzukommen, wenn sie weitermarschiert. Die Starken überleben, die Schwachen verschluckt die Wüste. Ich hatte das gewusst, trotzdem hatte ich ihren Schutz verlassen.

Aber ich werde nicht aufgeben. Ich werde weitergehen. Immer in Richtung Osten. Wenn Allah will, werde ich mein Ziel erreichen. Vielleicht sehe ich hinter der nächsten Düne schon den erhofften Brunnen.

Weiter!
Durst!
Sonne. Gleißendes Licht.
Durst!
Weiter!

Ich falle. Mein Gesicht gräbt sich tief in den heißen Sand. Auf allen Vieren krieche ich.
Weiter.

Meine Hände stoßen auf Widerstand. Ich taste vorsichtig.

Eine Sandale!
Ich hebe mühsam den Kopf, taste weiter.

Ein Fuß!

Zwei starke Arme greifen mich, drehen mich um, setzen mich aufrecht.

Ich schlage meine Augen auf, soweit es die vom Sand verkrusteten Lider zulassen. Und blicke in ein paar himmelblaue Augen. Die schönsten und klarsten, die ich je gesehen habe.

Unsere Blicke verbinden sich. Verschmelzen. Erkennen sich wieder. Ich bin gerettet! Ich weiß, diese Nomadenfrau wird mir helfen, meinen Weg zu finden. Wird mich gesund pflegen und wieder auf den Weg schicken.

Etwas stößt an meine geplatzten Lippen. Heißes Blei rinnt meine Kehle hinunter.

„Wasser!"

*

„Nein, Kaffee! Nun komm, so schlimm ist er nun auch wieder nicht." Peggy lächelt mich wie aus einer anderen Welt an. „Was schaust du mich so merkwürdig an?"

Wie soll ich ihr das erklären? Ich habe selbst keine Erklärung dafür. Stehe ich am Rande eines Nervenzusammenbruches?

„Hast du wieder einen Traum gehabt?", fragt Paul mit einem Blick in den Rückspiegel. „Du wirkst so verstört." Souverän lenkt er den Rover über die schneematschigen Straßen.

„Ja, ich war in einer Wüste. Nahe am Verdursten. Da kam eine Frau mit wunderschönen Augen und rettete mich."

„Ja!?", fragt Peggy etwas säuerlich. Dann lächelt sie jedoch sofort wieder. „Komm, Adam, du musst mir davon erzählen. Wann das alles anfing und so. Und wie du darüber denkst."

Und ich beginne zu erzählen. Wie auf der Couch eines Psychiaters rolle ich die ganzen Ereignisse der letzten drei Tage vor ihr aus. Peggy nickt, fragt manchmal einige Details nach, ohne mich jedoch in meinem Redefluss zu unterbrechen.

„Ich habe ähnliche Erfahrungen gemacht", sagt sie, „Bei mir ist das jedoch schon alles viel länger her und kam auch nicht so plötzlich wie bei dir. Es fing etwa ein Jahr vor meiner Reise nach Jerusalem an und war besonders intensiv in meiner Zeit in einem kleinen Krankenhaus im Libanon. Glaubst du an die Wiedergeburt der Seele?"

„Unfug!", ist meine erste Antwort, aber gleich darauf bereue ich sie schon. „Jedenfalls habe ich mir darüber noch nie ernsthaft Gedanken gemacht."

„Solltest du aber mal, jetzt hast du Zeit dafür."

„Wir sind gleich da!", ruft Paul von vorne.

„Wo genau ist die Pension deiner Tante, Peggy?", frage ich. Ein schöner kleiner Ort, in den wir da hineinfahren.

„Ein Stück noch weiter, dann rechts. Ja, hier rein. Dann da hinten links, das blaue Haus." Sie macht eine merkwürdige Verrenkung, streckt ihre Hand nach vorne, zeigt mit dem Finger nach links. Ihr Arm berührt leicht meine Nase. Er duftet verführerisch.

Oben auf einer kleinen Anhöhe ein niedliches, kleines Haus, dessen Fassade hellblau, die

Fenstereinfassungen dunkelblau gestrichen sind. Am Straßenrand, vor dem Gehweg zu dem Haus, wackelt ein B&B-Holzschildchen im Wind. ‚Ellen Pierson' steht der Name der Eigentümerin in kleinen, schwarzen Buchstaben unter dem großen, blauen ‚Welcome'. Rechts klebt ein kleines, weißes Schild mit roter Aufschrift: ‚free'. Also wird für mich auch noch ein Zimmer zu haben sein.

Ich freue mich. Auf einmal bemerke ich bewusst dieses schöne Gefühl, sich einfach mal treiben zu lassen.

Ja, dies soll mein Ausgangspunkt sein für meinen spontanen Urlaub. Ein schöner Ort, wo ich sicherlich Ruhe finden werde, um zu mir zu kommen. Und von dem aus ich Fahrten in die Umgebung starten kann.

Zuerst einmal bedanke ich mich ganz herzlich bei Paul, der unsere Sachen auslädt. Ohne ihn stünde ich vielleicht immer noch am Bahnhof in Exeter, oder sonst wo.

„Ich weiß nicht, wie ich mir für all das erkenntlich zeigen kann, Paul. Wenn ich dir irgendwann einmal einen Gefallen tun kann. .."

„Ist schon klar! Da findet sich schon was. Ich wünsche dir erst einmal ein paar schöne Tage hier. Ich komme in etwa einer Woche wieder hier vorbei. Wir sehen uns!"

„Auf Wiedersehen, und nochmals vielen Dank für alles."

„Ja, Paul. Danke fürs Mitnehmen! Wir sehen uns!" Peggy winkt noch zum Abschied, während Paul in seinen Wagen steigt und davonfährt.

„Ein netter Kerl, Peggy. Kennt ihr euch schon lange?"

„Eine Ewigkeit. Doch jetzt lass uns reingehen. Tante Ellen wird staunen!"

Tante Ellen ist eine etwa fünfundsechzig Jahr alte, kleine drahtige Frau. Sie öffnet uns in einem sauberen, graubraunen Kittel die Tür. Ihr Haar ist grau, aber voll, gut gepflegt, die gebräunten Hände mit Altersflecken gesprenkelt.

„Peggy! Ich freue mich, dich zu sehen! Und wen haben wir denn da, ist das ein Freund von dir?"

„Ja, äh, nein, Tante Ellen, das ist eine lange Geschichte. Wir haben uns unterwegs getroffen. Er ist ein paar Tage auf Urlaub hier. Hast du vielleicht noch ein Zimmer frei für Adam?"

„Adam? Ach so. Natürlich Peggy, deine Freunde sind auch meine Freunde. Die ganze erste Etage ist noch frei, ihr könnt euch dort etwas aussuchen. Aber nun kommt erst einmal herein. Ich mache euch schnell einen Tee."

Sie zwinkert mir mit einem Auge zu.

„Nur nicht so zaghaft, junger Mann. Ich beiße nicht."

Die Pension ist hübsch eingerichtet, das Erdgeschoss ist in dunklen Rottönen gehalten, eine dunkelbraune Holztreppe mit einem roten Teppich führt nach oben, zu einem kleinen, hellen Flur, von dem sechs Zimmertüren ausgehen.

„Sicher möchtest du wieder das Zimmer mit Blick auf den Garten, Peggy?

Und Sie, junger Mann? Blick auf das Meer? Oder werden Sie seekrank?"

„Nein, keineswegs."

Schließlich gibt es doch kaum etwas Schöneres als das sanfte Auf- und Abschaukeln des Wassers. In etwa zu vergleichen mit dem Ritt auf einem Kamel.

Weshalb sollte mir da schlecht werden?

*

Schließlich hat mich der Ritt auf dem Kamel aus dieser gnadenlosen Wüste herausgebracht. Dem viel zu frühen Tod entrissen.

Langsam und stumm zieht die Karawane weiter.

Obwohl ich ihnen sicherlich eine zusätzliche Last bin, sind die Nomaden keineswegs unfreundlich zu mir. Die Gastfreundschaft ist ihnen heilig. Jeder aus Ihrem Stamm würde mein Leben mit dem seinen verteidigen.

Sie haben mich auf ein Kamel gesetzt und die Last meines Kamels gleichmäßig auf die anderen verteilt, damit ich auf dem weiten Weg hier erst einmal zu Kräften kommen kann. An einen Fußmarsch wage ich jetzt wirklich nicht zu denken.

Langsam schwankt mein Kamel hin und her, in seinem unermüdlichen, gleichgültigen Gang.

Die Nomadin, die mich gefunden hatte, geht an meiner Seite und lächelt.

*

Mrs. Pierson lächelt. „Gut, dann nehmen Sie das Zimmer gegenüber von Peggy, Nr. 9. Räumen Sie erst mal Ihre Sachen ein, ich mache jetzt den Tee."

Sie geht leicht schwankend die Treppe hinunter und ich wundere mich nicht einmal mehr über die Vision von eben.

Peggy dreht den Schlüssel von Nr. 9 im Schloss und stößt die Tür auf. "Willkommen, Adam! Packe ruhig schon mal deinen Koffer aus, ich werde mich erst etwas frisch machen. Ich klopfe an, wenn ich fertig bin, dann können wir zusammen nach unten gehen."

„Schön, Peggy, bis gleich."

Peggy verschwindet in Nr. 5 und ich schließe die Tür hinter mir.

Ein hübsch eingerichtetes, helles Zimmer mit niedlichen, hellblauen Gardinen an den Fenstern. Alles wohl ein bisschen zu verspielt für meinen Geschmack, aber trotzdem hübsch. Gerade eben noch nicht kitschig.

Ja, hier werde ich es in den nächsten Tagen wohl aushalten können. Die Tür in der Ecke führt ins Bad. Dusche, WC, Spülbecken. Schöne, duftende, rosafarbene Handtücher, Rosenduftseife.

An der linken Seite steht ein Kiefernholzbett mit rot/blau gemusterter Tagesdecke, rechts ein kleiner Tisch mit Stuhl, ein Kleiderschrank. Zwei Ohrensessel stehen am Fenster. Auf der Kommode unter dem Fenster steht ein kleiner Fernseher. Durch das Fenster wandert mein Blick über den kleinen Ort bis hin zur See. Etwa eine Meile ist sie von hier entfernt. Das Meer ist grau, und still, der Himmel wolkenverhangen.

Sicherlich habe ich noch etwas Zeit, bis Peggy fertig ist. Ich werde einmal etwas ausprobieren.

Ich setze mich in den Polstersessel, lege meine Füße auf den kleinen Hocker und schaue auf das Meer hinaus. Ich werde versuchen, meine Gedanken wieder in die Wüste zurückzuschicken. Es muss doch auch gelingen, wenn ich es bewusst steuere.

Das Meer ist ruhig.

Grau.

Weit.

*

Unendlich weit.

Ein ständiges Auf und Ab.

Hin und Her.

Staub und Hitze.

Entbehrungen.

Aber ein Gefühl des Glückes. Gerettet worden zu sein. Bewahrt für die Aufgabe, der ich mich irgendwann stellen muss.

In zwei Wochen soll die Karawane in Mekka ankommen. Mein Leben liegt in Allahs Hand. Er wird mir dort meinen Weg weisen.

Auf einmal gerät Bewegung in das sanfte Dahinschaukeln. Schreie!
Ein Sandsturm!

Der Wind fegt mir die Sandkörner ins Gesicht. Plötzlich und unerwartet.

Es prasselt von allen Seiten auf mich ein.

Es ist ein Geräusch wie ...

Regen.

*

Regen?

Ein derber Schauer prasselt gegen die Fensterscheiben. Das Meer ist nicht mehr zu sehen.

Ich bin wie vor Freude entsetzt! Ich habe es geschafft. Gerade noch war ich in der Wüste.

Weil ich es wollte!

Die Erinnerung, das Gefühl ist so echt und frisch, dass ich glaube, noch die Sandkörner zwischen meinen Zähnen zu spüren.

Alle Zellen meines Körpers vibrieren. Ich bin auf das Äußerste gespannt.

Was mache ich da? In welche Welten, Zeiten oder Gedanken dringe ich da vor? Oder dringe ich ein?

Ich muss weitermachen.

Das Meer.

Weit.

Endlos weit.

Ruhig sitzen!

Meine Gedanken verkrampfen sich. Dieses schöne Gefühl des Sich-Treiben-Lassens geht verloren.
Ich greife danach.
Es ist weg!

Es klopft an der Tür. Das wird Peggy sein.

Etwas mürrisch stehe ich auf. Ich war so nahe dran! Würde es am liebsten sofort wieder versuchen. Aber was soll's? Nun ja, wollen wir erst einmal Tee trinken.

Ich habe ja Zeit. Alle Zeit der Welt.

Peggy hat sich inzwischen umgezogen. Das Winteroutfit ist einem leichten Hausanzug gewichen. Bezaubernd! Wir gehen nebeneinander schweigend die Treppe hinunter.

Mrs. Pierson hat den Tisch in Ihrem Wohnzimmer gedeckt. Eine besondere Ehre für uns. Aber schließlich gehört Peggy auch zur Familie.

Auf dem Weg ins Souterrain fällt mein Blick durch die offene Tür zum Frühstückszimmer. Nur drei Tische sind eingedeckt.

„Um diese Zeit ist hier nicht viel los", sagt Mrs. Pierson. „Die Leute aus der Stadt lieben das Meer nicht, wenn es grau und kalt ist. Dabei ist die Luft in dieser Jahreszeit wirklich am schönsten." Sie atmet, wie zur Bekräftigung, einmal tief ein.

Beim Teetrinken bin ich mit den Gedanken nicht so recht bei der Sache. Schweife ab. Die beiden Damen ergehen sich in endlosen Kurzgeschichten über irgendwelche Verwandte, die mal die eine, mal die andere schon lange nicht mehr gesehen hat.

Ich frage mich, wann Peggy wohl das letzte Mal hier war. Ich gerate in Versuchung, meine Gedanken wieder bewusst in die Wüste zurückzuschicken. Ich berste vor Neugierde.

Aber ich will nicht unhöflich sein. Und genau in diesem Moment zieht mich Peggy mit in das Gespräch hinein.

„So genau weiß ich bis jetzt noch nicht, wie du überhaupt an Paul geraten bist und wie ihr dann gestern Abend zu Mr. Gordon gelangt seid." Peggy schaut mich fragend an.

Mit der Teetasse in der Hand lehne ich mich im Sessel zurück. „Das war alles eine Kette von Zufällen. Oder so. Ich stand in Exeter am Bahnhof und wollte weiter. Plötzlich stand Paul da und nahm mich mit. Komisch, viel geredet hat er während der Fahrt nicht. Trotzdem habe ich jetzt das Gefühl, dass ich ihn schon eine Ewigkeit kenne."

Eine Ewigkeit? Wer hatte das heute schon einmal über ihn gesagt? Ach, ja. Peggy.

„Ja", nehme ich den Faden wieder auf, „Und als es dann Abend wurde, hielt Paul bei diesem Tea-Room an. Den Rest kennst du ja: Das Wetter wurde schlecht, Mr. Gordon lud uns zur Übernachtung ein, und am nächsten Morgen warst du auch da und wir fuhren zusammen weiter.

Ist Mr. Gordon eigentlich immer so großzügig? Wir haben weder für die Übernachtung, das Frühstück noch den Proviantkorb irgendetwas bezahlt."

Peggy schmunzelt. „Ach, Adam, das ist schon in Ordnung. Mr. Gordon ist, solange ich ihn hier kenne, immer sehr freigiebig gewesen. Es liegt wohl schon sehr lange zurück, aber ihn plagt da ein Schuldgefühl. Er hat vor langer Zeit mal jemanden, der eigentlich ein Freund war, verraten, oder so.

Aber das ist seine Sache. Vielleicht erfährst du es ja mal irgendwann. Jedenfalls ist Mr. Gordon ganz in Ordnung. Es wäre schön, wenn es mehr Männer seines Schlages heutzutage gäbe.

Ich habe vier Wochen bei ihm gewohnt und ihm dafür den Haushalt in Ordnung gehalten. Und obwohl er mehr als zwei Jahrzehnte vor mir auf die Welt gekommen ist, haben wir uns immer bestens verstanden. Irgendwie ist das Kind im Manne bei ihm noch nicht verschüttet worden."

Peggy hält die Hand über ihre Teetasse, als ihre Tante noch einmal nachschenken will. „Danke, nein!" Sie schaut mir in die Augen.

„Aber nun zu uns, Adam. Ich will noch ein paar Bekannte besuchen, wo ich schon gerade mal hier bin. Vielleicht willst du dir in der Zeit die Stadt ansehen?. Und dann lädst du mich heute Abend zum Essen ein, ja?"

„Einverstanden! Von mir aus können wir jetzt sofort losgehen." Eine Welle der Begeisterung reißt mich mit. Vorbei ist der Wunsch, mich auf das Zimmer zurückzuziehen und in die Wüste zu reisen.

„Gut, ich hole nur noch ein paar Sachen von oben runter." Peggy schiebt ihren Stuhl zurück.

„Mrs. Pierson, vielen Dank für den Tee", sage ich etwas umständlich.

Die alte Dame lächelt. „War mir eine Freude, Sie kennen zu lernen, Adam. Viel Spaß heute Nachmittag, ihr zwei. Und heute Abend!"

Mit einem Augenzwinkern zu Peggy entlässt sie uns beide und wir gehen gemeinsam hoch, um uns wetterfest anzuziehen.

Zehn Minuten später sind wir schon in der Stadt. Peggy hat mich mit den wichtigsten Informationen versorgt, was ich mir ansehen soll und wie ich am besten zum Strand komme. Dann verabschiedet sie sich und ich stehe allein da.

Nach mehr als einer Stunde straßauf, straßab wird mir bewusst, dass ich es noch nie so genossen habe, in aller Seelen Ruhe an den Geschäften entlang zu bummeln. Der Faktor Zeit verliert langsam seine Bedeutung für mich.

Der Strand hat im November wirklich etwas Trostloses an sich. Schwer und graubraun leckt das Wasser nach dem Unrat, den die letzte Ebbe auf dem Sand zurückgelassen hat.

Ich werde im Sommer wiederkommen!

Ich lasse mich auf dem nassen Sand nieder, in sicherer Entfernung zur Flutlinie, die wie ein neugieriges Kind näherkommt und sich wieder zurückzieht. Ich grabe mit meinen Händen tief in den Sand, während ich merke, dass auch mein Hinterteil langsam Kontakt mit dem Strand bekommt: der Sand ist feucht, meine Hose nässt langsam durch.

Egal!

Ich spüre ein unendliches Glücksgefühl, fühle mich eins mit dem Universum, mit einer allgegenwärtigen Kraft. Meine Hände graben sich immer tiefer in den Sand, wie um mich auf immer in diesem Gefühl zu verankern.

Wie unbewusst habe ich doch bisher gelebt! Warum nur habe ich mich nicht schon früher von den Fesseln und Zwängen befreit, die doch ich selbst mir angelegt habe?

Die Antwort scheint mir auf einmal ganz einfach: Weil es so sein sollte.

Jetzt ist für mich der Zeitpunkt gekommen, wo ich mich verändern werde. Ein neues Leben beginnen, wie man sagt.
Und während ich durch die Wolkenlücken in den langsam dunkler werdenden Abendhimmel schaue, fühle ich, dass das Leben, das Sein, unendlich komplizierter ist, als ich bisher gedacht habe. Und doch so einfach, dass es für den Verstand unbegreifbar ist. Schließlich gab es das Leben auch schon, lange bevor der Verstand geboren wurde.

Eine sanfte Stimme löst mich aus meinen Philosophien.

„Ich wusste, dass ich dich hier finden würde."

Peggy stakst in Gummistiefeln durch die Fluten, die mir inzwischen beängstigend nahegekommen sind.

„Wenn du deinen Aufenthalt hier genießen willst, solltest du jetzt aber nach Hause gehen und dich umziehen. Ich habe für acht Uhr einen Tisch bestellt. Du hast noch genügend Zeit, dich zu duschen und umzuziehen."

Sie streckt mir die Hände hin und zieht mich hoch, Ihre warmen, weichen Hände sind eine Wohltat für meine nasskalten, sandigen Hände. Für einen kurzen Moment sind wir beide uns auf angenehme Weise ganz nah. Sie riecht nach frisch gewaschenem Haar und Moschusduft!

Einen kurzen Moment später stolpern wir, im wieder einsetzenden Regen, den Sandhang hoch zur Straße. Jetzt wird mir erst richtig bewusst, wie kalt mir ist und ich bin froh, als endlich nach einigen Straßen die Pension wieder in Sicht kommt. Ich sehne mich nach einer heißen Dusche.

Die letzten Meter nehmen wir im Laufschritt, der Regen wird immer kälter und mischt sich mit einzelnen Schneeflocken. Peggy nimmt mich bei der Hand.
Duschen?! Wozu? Ich könnte noch meilenweit so weiterlaufen...

Doch schon stehen wir vor der hölzernen Pensionstür mit dem wunderbaren Muster einer aus der Türmitte nach außen wachsenden Rose. Irgendwo habe ich dieses Muster schon einmal gesehen, kann mich aber nicht erinnern, wo. Vielleicht in einer dieser Zeitschriften wie ‚schneller Wohnen' oder so.

Peggy fängt meinen Blick auf. „Paul hat sie gemacht. Schön, nicht wahr?!"

Als sie die Tür aufdrückt verlieren sich unsere Hände und ich fühle mich unendlich allein. Das Gefühl der nassen Kälte setzt wieder ein. Während Peggy noch zu ihrer Tante geht, steige ich schwer die Treppen noch oben. Zitternd schließe ich die Zimmertür hinter mir, werfe die nassen Sachen einfach auf den Boden und gehe in das Bad.

Duschen. Das wird guttun.

Eine Wohltat. Warmes Wasser auf meiner ausgekühlten Haut.

Angenehm kaltes Wasser, das den Staub der Wüste wegspült.

*

Ich bin wieder da! In der Wüste. Ich genieße es. Lasse mich vorsichtig weitertreiben.

Mekka!

Stadt meiner Träume.
Oase inmitten der alles beherrschenden Wüste.
Buntes Treiben.
Karawanentreff.
Befestigte Mauern.
Sesshaft gewordene Nomaden.
Treffpunkt der Händler, Stämme, Religionen.
Nabel des Orients.

Die Kaa'ba.
Heiligtum aller Araber.
Der schwarze Stein.
Das Geschenk Gottes an Abraham und Ismail.

Ich bin am Ziel.

Hier ist der Knotenpunkt all der vielen Schicksale, die von hier ausgegangen sind, sich in fernen Ländern aufhalten und doch wieder hier zusammentreffen.

Hier schlägt der Puls der Welt. Ich spüre ihn, seit ich hier angekommen bin.

Muhammad, der Karawanenführer, hat mich mitgenommen in das Haus der reichen Witwe Khadidja. Sie hatte die Karawane ausgerüstet, die vor Monaten von hier nach Syrien aufgebrochen war und nun, mit mir als Findelkind, wieder zurückgekehrt ist. Nein, ein Findel-Kind bin ich nun doch wirklich nicht, mit meinen achtundzwanzig Jahren bin ich eine reife Frau. Eine ungewöhnliche Frau zwar, welche Frau ist schon so verrückt, in diesem Alter noch

unverheiratet zu sein und dann eines Tages auch noch über Nacht das Zuhause zu verlassen, ohne Ziel, nur getrieben von einem Traum eines erfüllten Lebens?
Ich habe mit vielen Tabus und Regeln unserer Zeit gebrochen. Und ich bin glücklich.

Und auch ein wenig verliebt. Muhammad, der Karawanenführer, ist ein ganz außergewöhnlicher Mann. Ein Mann nach meinem Geschmack.

Deshalb war ich zunächst auch sehr erfreut gewesen, als er mir anbot, in diesem Haushalt eine Stelle anzunehmen, hoffte ich doch, ihm so nahe sein zu können. Aber Muhammad hat nur Augen für die Herrin des Hauses, die schöne Witwe Khadidja. Da ist ein unsichtbares Band, das beide verbindet, das habe ich gleich beim ersten Mal, als ich beide zusammen sah, gespürt.

Das ist eine Bindung, die Allah geknüpft hat, sie ist mir heilig. Ich werde sie respektieren und mich von ihm fernhalten. Obwohl ich die Gespräche mit ihm vermissen werde. Selten hat mich ein Mann mit Worten so zu faszinieren vermocht.

Aber auch die Herrin des Hauses ist eine außergewöhnliche Frau. Ich weiß nicht, wie lange ihr Mann schon tot ist, aber sie führt das Haus sicher und gut. Auch ist sie eine hervorragende Geschäftsfrau, mit einem sicheren Gespür, wann welche Waren den höchsten Profit abwerfen und wann eine neue Karawane auf den Weg geschickt werden sollte. Sie treibt Handel im Norden mit

Syrien, im Süden mit dem Jemen. Und auf dem Umschlagplatz aller Karawanen, hier, in Mekka, ist sie eine von den Händlern geachtete Frau. Obwohl sie eben „nur" eine Frau ist. Ich wünschte, ich wäre wie sie. Vielleicht würde dann auch mir die Liebe des Muhammad al Rashi zufliegen.

Aber ich will nicht meine Gedanken an etwas hängen, was nicht sein soll. Allah, der Allmächtige, hat mich aus meiner Geburtsstadt Alexandria auf eine weite Reise geschickt.

An diese schöne Stadt am Meer sind mir nur wenige Erinnerungen aus meinen Kindertagen geblieben: die Bibliothek, der Pharos, die großen, stolzen Schiffe, leider nur zu oft beladen mit Sklaven, die herumgestoßen wurden wie Vieh. Wie habe ich diese Sklavenhändler verabscheut!

Noch vor meinem vierzehnten Lebensjahr tauschte ich das unbeschwerte, ereignisreiche Leben eines glücklichen Kindes aus gutem Hause gegen das verantwortungsvolle Leben einer heranwachsenden Frau in einem fremden Haushalt.

Meine Eltern waren gestorben, mein Onkel hatte mich mit zu sich nach Jerusalem genommen. Er hatte versucht, aus mir eine feine Dame zu machen und mich reich zu verheiraten.

Eins ums andere Mal habe ich seine Pläne durchkreuzt, bis ich schließlich einfach davongelaufen bin, ohne Lebewohl zu sagen. Ich schloss mich mal einer Karawane an, mal machte ich mich allein auf den Weg, ließ mich von einem Ort zum anderen treiben. Damaskus, Antiochia, Edessa, am Tigris entlang nach Bagdad, Basra. Dann wieder zurück, entlang des Euphrat nach Antiochia.

Ich verdiente mir mein Brot mit meinen Heilkünsten, für die ich schon als Kind in Alexandria eine Begabung gespürt hatte und die ich in Jerusalem durch das heimliche Lesen einiger Bücher und dank der Mithilfe unserer schwarzhäutigen Haushilfe weiter ausgebildet hatte.

Als ich nach Jahren wieder durch Jerusalem kam, hatte ich mich völlig verändert. Aus dem etwas zurückgezogenen, aber zeitweise auch aufsässigen Kind war eine stolze, erwachsene Frau geworden. Mein Onkel, den ich zufällig auf einem Basar traf, ging an mir vorüber ohne mich zu erkennen. Dies war für mich das letzte Zeichen, dass ich mit meiner Vergangenheit abgeschlossen hatte. Sie würde mich nie wieder einholen.

Ich verbrachte einige Wochen in Jerusalem bei einer alten Freundin von mir, ebenfalls einer Heilkundigen. Wir tauschten unserer Erfahrungen aus und schmiedeten sogar Pläne für eine gemeinsame Zukunft. Doch eines Tages erfasste mich wieder das Fernweh, zog es mich hinaus, in der Wüste Nefud meine Erfahrungen zu machen.

In Petra, einer Stadt aus alter Zeit, in der ich mich sehr wohl fühlte, schloss ich mich einer Karawane an. Arg strapaziert von dem ersten Weg durch die Wüste verbrachte ich erst einige Wochen in der Oase Taima, bevor ich mich dann einer anderen Karawane nach Yathrib anschloss. Auch hiernach brauchte ich eine Erholungspause, bevor ich weiter nach Mekka zog. Und hätte ich nicht darauf bestanden, bei dem kranken Achmanh zu bleiben, als dieser in der Wüste einen plötzlichen Anfall von Wahnsinn erlitt, wäre mein Einzug in Mekka sicher ein anderer gewesen. Achmanh hatte ich ohnehin nicht retten können.

Aber nun bin ich da! Und die Atmosphäre dieser Stadt hat mich so sehr gefangen, dass ich an das Weiterreisen gar nicht mehr denke. Obwohl ich den Erzählungen über die blühenden Städte auf der südlichen Seite der arabischen Wüste immer wieder gespannt zuhöre.

Mekka ist einfach wundervoll. Ich liebe es, auf den Rastplätzen der Karawanen herum zu bummeln, den Geruch der Waren aufzusaugen, bevor er sich mit den tausendfachen Düften des Basars vermischt hat. Ich liebe die Anwesenheit Dutzender von Kamelen, die unbeachtet von dem Treiben um sie herum ruhig in der Sonne dasitzen, als wären sie in tiefe, erhabene Träume versunken.

Heute soll ich mich nach dem Verbleib einer Karawane erkundigen, die schon seit Tagen überfällig ist. Hat Sche'a Alqum, der Schutzgott der Karawanen, seine schützende Hand von Chasim und seiner Familie genommen, weil sie ihm nicht die nötige Ehrerbietung erwiesen hatten?

Das ist sowieso so eine Sache mit den Heiligen. Es gibt eine Unmenge von Heiligenstandbildern in Mekka, jeder Stamm hat wohl seinen „eigenen" Heiligen, zu dem er betet. Dies aber meistens nur in der Zeit der Not oder vor besonderen Ereignissen, für die man seinen Schutz erbittet, zum Beispiel vor Beginn einer Karawanenwanderung. Ist man heile und gesund zurückgekehrt, ist es mit der Frömmigkeit dann auch bald wieder vorbei.

Da war es schon anders in Jerusalem. Dort gab es Tempel, Gebetshäuser, Gottesdiener, regelmäßige Gebetsstunden. Diese waren auch ständig gut besucht, obwohl ich oft den Eindruck hatte, hier wurde mehr einem unverstandenen Ritual nachgegangen, als einem echten Glauben. Den ältesten Glauben nehmen die Juden für sich in Anspruch, den sie, wie ihr Volk selbst, von Abraham ableiten. Eine immer stärker werdende Gemeinschaft ist die der Christen. Ihr Gott ist, wenn ich das alles richtig verstanden habe, Jesus Christus, der Sohn des Gottes, den auch die Juden anbeten.

Aber damals habe ich mich nie sonderlich für Religion interessiert, ich hatte genug mit mir selbst zu tun.

In meinen Gedanken gefangen bin ich den Weg zu Kaa'ba gegangen. Wirklich imposant! Ich fühle, wie Jahrhunderte von Gefühlen mich anblicken. Mich schaudert. Dieser Stein hat bis hier hin sogar eine ungeheure Ausstrahlung und Anziehungskraft. Ob er wirklich ein Geschenk Gottes ist? Des Gottes des Juden? Warum steht er dann hier und nicht in Jerusalem, wo es doch wesentlich mehr Juden gibt als hier? Oder ist er ein Geschenk Allahs, der Himmel und Erde erschaffen hat? Wie auch immer, es fällt nicht schwer zu glauben, dass er nicht von dieser Welt ist, wenn man ihn mit den von Menschenhand gefertigten Götterbilder hier ringsum vergleicht.

Man sagt, dass dieser schwarze Stein vom Himmel auf die Erde gesandt wurde. Warum hat Gott, Allah oder wer auch immer hier nicht eine Botschaft eingekerbt für die Menschen, die nach Antwort suchen? Es würde vieles einfacher gestalten.

Schon wieder erwische ich mich, wie meine Gedanken abschweifen. Es begann, als ich mein Studium der Heilkünste mit aller Kraft vorantrieb. Oft geriet ich da an einen Punkt, wo ich das Gefühl hatte, ich müsste mir jetzt eine wichtige Frage stellen. Aber diese Frage fand keine Worte in meinem Kopf.

Genug jetzt! Ich wollte nach der Karawane Ausschau halten, herumhorchen, ob jemand etwas über ihren Verbleib wusste.

Ich werde zunächst zum nördlichen Tor gehen, von dort müssten sie kommen, wenn ihr Reise gut verlaufen ist. Dort lagern auch die anderen Karawanen, die aus der syrischen Wüste ihren Weg zu uns oder weiter nach Süden suchen.

Auf dem nördlichen Platz herrscht Aufregung! Die Leute laufen zwischen den Kamelen hin und her und gestikulieren wild. Ich laufe. Etwas ist geschehen, das keine gute Nachricht für die Herrin des Hauses sein wird. Ich fühle es.

Dashan Al Nathi, der Vertraute unserer Hausherrin in allen Geldfragen, winkt mich zu sich hinüber.

"Kalana! Stell dir vor! Die Karawane des Chasim ist überfallen worden. Acham N`Akbad hat mit seiner Karawane die Überreste entdeckt. Drei Tagereisen von hier. Die Räuber haben ganze Arbeit geleistet. Es ist niemand am Leben geblieben. Allah verfluche diese Hunde!"

Plötzlich sehe ich vor meinem zweiten Gesicht dieses Bild der Zerstörung. Ich sehe Chasim Khabbad auf dem Gesicht im Sand liegen. Ein abgebrochenes Messer steckt in seinem Rücken. Das Leben hat ihn gerade verlassen. Sein Körper ist noch warm. Langsam gerinnt das Blut. Es riecht nach Unheil, bösen Mächten.

Ein eiskalter Schauer läuft mir über den Rücken.

Mir wird übel.

Mir wird heiß!

*

Übel.

Hastig drehe ich die Dusche ab. Das heiße Wasser hat meinen Kreislauf völlig durcheinandergebracht. Ich schleppe mich zum Bett und lasse mich darauf fallen. Das war knapp!

Nicht auszudenken, was passiert wäre, wenn ich unter der Dusche ohnmächtig geworden wäre.

Oder war ich es nicht sogar? War ich nicht ohne Macht über mich? Und wer ist eigentlich: „ich"? Körper, Geist, Seele, Verstand? Alles zusammen?

Mein ganzes Weltbild gerät durcheinander. Nichts ist mehr, wie es war. Ich glaube, ich bekomme eine Persönlichkeitskrise. Oder so etwas. Ich werde schizophren!?

Meine Gedanken laufen Galopp in meinem Kopf. Ich halte das nicht mehr aus! Ich brauche

Hilfe!

„Adam! Alles klar? Bist du fertig?" Peggy klopft genau im richtigen Moment an die Zimmertür.

Die geballte Energie, die eben noch meinen Kopf zu zerplatzen drohte, verpufft. Mit einem leisen, schmatzenden Geräusch. Und ich bin wieder klar. Klar wie zuvor. Sogar noch etwas klarer. Bewusster!

"Ich komme gleich!", ruft meine Stimme, während mein Verstand noch versucht, Klarheit in das Chaos der herumliegenden Kleidungsstücke und Tücher zu bringen. Schnell lege ich die durchnässten Sachen über die Heizung und die beiden Stühle, dann ziehe ich mich an. Keine drei Minuten später stehe ich vor der Tür.

Peggy lacht laut los.

„So willst du mit mir ausgehen? Willst du nicht lieber doch noch deine Haare trocknen? Und dein Kinn würde sich freuen, den Rasierapparat einmal wieder zu sehen."

Zu dumm! Das hatte ich vergessen. Ich grinse unbeholfen, drehe mich auf dem Absatz um und gehe in das Zimmer zurück.

„Ich warte unten auf dich. Wir haben noch Zeit", ruft Peggy noch grinsend hinter mir in das Zimmer hinein, dann trippelt sie leichtfüßig die Treppe hinunter. Ich gehe zurück ins Bad und schaue dem Kerl im Spiegel ins Gesicht. Er grinst! Er lacht sogar!

Wie lange ist es her, dass ich das letzte Mal so gelacht habe? Ich lache über mein Gesicht, über mich, lache und lache und finde kein Ende. Ich lache, bis mir die Tränen fließen. Aber das ist kein albernes Lachen mehr. Das ist Glück. Ich fühle mich wie von einem Gefühlsstrom gepackt und mitgerissen. Schöne Gefühle wirbeln um mich herum. Es ist ein Gefühl, wie vorhin am Strand, nur noch tiefer, mitreißender.
Unbeschreiblich!
Tränen des Glücks rollen mir aus meinen Augen und ich lasse sie rollen.

Kurz, ganz kurz, bin ich versucht, nachzurechnen, wann ich das letzte Mal geweint habe. Aber das würde jetzt nur dieses schöne Gefühl stören. Zerstören. Ich lasse mich einfach von diesem Strom, der um mich herum ist, treiben.
Irgendwann regt sich mein Körper wieder, die Arme strecken sich und ziehen mich an das Ufer. Ich kehre in die Realität, oder das, was ich bisher dafür hielt, zurück.

Ich fühle mich wie ein Akku, der mit neuer Energie aufgeladen ist. Voll bis zum Platzen. In aller Ruhe und bester Laune kratze ich mir die Bartstoppeln vom Kinn und trockne mir die Haare. Jetzt bin ich wieder „salonfähig". Ich greife nach meinem Mantel und steige langsam die Treppe hinunter, während ich ihn überziehe.

Peggy sitzt unten im Frühstückszimmer in dem mintfarbenen Plüschsessel und streckt ihre Füße in Richtung Kamin. Der Schein des Feuers taucht den Raum in ein gemütliches, unwirkliches Licht. Erst jetzt fällt mir auf, dass kein elektrisches Licht brennt. Im Schein eines mehrarmigen Kerzenleuchters liest Peggy ein Buch.

Ein wunderbares Bild der Harmonie.

Ich fühle mich plötzlich zu ihr hingezogen. Sehe sie erst jetzt richtig als Frau. Bislang war sie für mich mehr so eine Art Kumpel.
Mein Blick fängt sich an ihren feuerbeschienenen Füßen,
streicht langsam die Jeanshose hoch,
umrundet ihre Hüften
und gleitet den rosafarbenen Wollpullover hoch,
über die wohlgeformten Brüste
zu ihrem glatten Gesicht mit den himmelblauen Augen,

die mich schon die ganze Zeit amüsiert anlächeln!

Mein Gesicht flammt hochrot auf.

„Du bist da." flüstert sie und ich stammele vor Verlegenheit ein „ja!" heraus.

Sie aber streckt mir ihre linke Hand entgegen und lässt sich aus dem Sessel ziehen. In der anderen hält sie noch das Buch.

„Prentice Mulford" sagt sie, „aus Tantchens Privatbücherei. Hab' ich schon oft gelesen, aber ich kann immer wieder darin hinabtauchen. Kann ich dir nur wärmstens empfehlen." Und schon steckt sie das Buch in meine Manteltasche.

Na, dann habe ich wenigstens etwas Bettlektüre, wenn es mit dem Einschlafen Schwierigkeiten geben sollte. Wäre nach so einem Tag auch nicht verwunderlich.

Aber was soll ich mir jetzt darüber Gedanken machen!? Nun wollen wir erst einmal Essen gehen.

Hand in Hand, wie zwei Schulkinder, schlendern wir durch die nassen Straßen der Stadt.

„Chositos Way" ist unser Ziel. Ein kleines, gemütliches Restaurant im „Mexico-Look". Chosito ist ein gemütlicher, dicker, Zigarrenstummel rauchender Enddreißiger der wie Peggy sagt, im Alter von 20 Jahren Amerika verlassen hat, um in Good-Old-England sein Glück zu suchen. Nach vielen Anläufen in den verschiedensten Berufen ist er dann vor etwa sechs Jahren hier gestrandet. Hat sich als Klempner verdingt und dann vor zwei Jahren "Chositos Way" eröffnet.

Bei der Zufriedenheit, die er ausstrahlt, scheint er jetzt wohl sein Glück gefunden zu haben. Diese Zufriedenheit zeigt sich auch in dem Essen, das er seinen Gästen anbietet, wobei er es sich nicht nehmen lässt, das meiste selbst zuzubereiten.

Selten habe ich so gut gespeist. Unser Abend verläuft in angenehmer Unterhaltung, umrahmt von den köstlichsten Leckerbissen der mexikanischen Küche.
Wir erzählen uns gegenseitig unsere Lebensgeschichte, wobei wir häufig Gemeinsamkeiten entdecken, gemeinsame Lieblingsspeisen, Abneigungen, usw.

Auf dem Nachhauseweg habe ich das Gefühl, Peggy seit ihrer Kindheit zu kennen und habe Schwierigkeiten, mir Evelynes Bild ins Gedächtnis zu rufen. Jedes Mal verwischt es wieder, vermischt sich mit dem Bild von Peggy.
Es muss wohl doch ein Glas Wein zu viel gewesen sein.

Während wir die letzten Treppenstufen in Mrs. Piersons Gasthaus hochsteigen, gibt Peggy mir einen Klaps auf den Mantel, in den sie das Buch gesteckt hatte.

„Das war ein schöner Abend, Adam. Leider muss ich morgen nach dem Gespräch im Krankenhaus noch einmal für ein paar Tage fort. Eventuell kann es auch etwas länger dauern. Nutze die Zeit und lies dir in aller Ruhe das Buch durch. Und wenn du Appetit auf mehr bekommst, in der Bücherei des Reverend Wilson findest du noch mehr interessante Bücher. Bestelle ihm einfach viele Grüße von mir, dann wird er dir seine Bibliothek aufschließen. Dort habe ich vor einigen Jahren auch viele Stunden verbracht.

Ich denke, wenn ich wiederkomme, gibt es eine Menge zu erzählen. Ich freue mich darauf!"

Sie gibt mir einen Kuss auf die Stirn. „Gute Nacht, Adam. Wir werden uns morgen früh nicht sehen, ich muss früh aus dem Haus. Bis bald."

Und schon ist sie in ihrem Zimmer verschwunden. Irritiert und leicht weinselig wanke ich in mein Zimmer und schließe die Tür hinter mir zu. Ich drehe den bequemen Polstersessel so, dass ich zum Meer schauen kann und lege die Füße hoch auf die Kommode unter dem Fenster. So ist es gemütlich. Ich nehme das Buch und fange an, zu lesen.

Mitten in der Nacht werde ich wach. Der Mond steht voll am Himmel, die Sterne blinkern, nur manchmal durch vereinzelte Wolken verdeckt. Meine Beine sind eingeschlafen. Mühsam schleppe ich mich zum Bett, tausend Stecknadeln versuchen, durch meine Haut in meinen Körper einzudringen.

Geschafft! Flach liege ich auf dem Rücken. Das Kribbeln in den Beinen lässt langsam nach. Ich rolle mich auf die Seite, schließe die Augen und bin schon wieder eingeschlafen.

Eine unruhige Nacht. Träume prasseln auf meinen Verstand ein. Realität und Traum verwischen sich. Wo aber endet die Realität und wo beginnt der Traum? Ist der Traum irreal? Oder das Bewusstsein (bewusst sein) in einer anderen Welt? Vielleicht ist meine „reale Welt" ja auch nur ein Traum und ich werde morgen ganz woanders wach?

Um viertel vor acht werde ich wach, zermürbt, doch guter Dinge. Nach einer kurzen Morgentoilette gehe ich nach unten zum Frühstück. Als ich vor meine Zimmertür trete, knackst etwas unter meinem Fuß. Ein Keks! Was suchte der denn da? Oder war es ein Abschiedsgeschenk von Peggy? Jedenfalls, der ist hinüber. Ich sammle die Krümel auf und werfe sie in den Papierkorb, den Rest verschubse ich mit dem Schuh über den Teppich.

Von unten duftet es lecker nach gebratenem Speck und Kaffee.

„Die anderen Gäste sind schon wieder unterwegs, Adam." begrüßt Mrs. Pierson mich im Frühstückszimmer. „Peggy übrigens auch. Sie lässt schon grüßen."

Während sie zurück in die Küche geht und meine Bestellung zubereitet, Rührei, Speck, Würstchen und Pilze, setze ich mich an den noch unbenutzten Tisch am Fenster. In aller Ruhe genieße ich das Frühstück, wobei ich das Porridge mehrfach mit besonderem Lob bedenke.
Irgendwie irritiert mich, dass Mrs. Pierson mich gar nicht nach meinen weiteren Plänen fragt, andererseits genieße ich auch die Freiheit, tun zu können, was ich will. Und wann ich es will.

Eigentlich hatte ich diese Freiheit schon immer, habe sie mir aber nur nie genommen.

Wetterfest angezogen mache ich mich auf den Weg zum Strand, aber genau in der entgegengesetzten Richtung, die Peggy mir empfohlen hatte. Als ich auf eine Stelle treffe, die mir zusagt, klettere ich auf einen der mannshohen Steine, hole das Buch heraus und lese.

Das Rauschen des Meeres vor mir, das Zwitschern der Vögel im Wald hinter mir, das leichte Wehen des Windes um mich herum und eine aufmerksame Leere in mir gehe ich ganz in den Gedanken des Prentice Mulford auf. Sie kommen mir vor, wie meine eigenen Gedanken, nur, dass ich sie wohl noch nie zu Ende gedacht hatte. Tropfen für Tropfen füllt sich der Krug meiner Seele mit Wohlgefühl, mit Verstehen. Nein, Verstehen ist falsch. Verständnis.

Verstehen werden wir das Geheimnis der Schöpfung nie. Aber wir können empfinden, wer wir sind und warum wir sind. Wir sind alle Teil eines großen Planes, einer unermesslichen Kraft. Aber wir sind nicht allein, losgelöst, sondern mit ihr verbunden. Mit dieser Kraft in Kontakt. Wir können aus dieser Kraft selbst Kräfte schöpfen, große Dinge mit ihr tun.

Prentice Mulford nennt als Beispiel Jesus von Nazareth, der im Bewusstsein der unendlichen Kraft Gottes Wunder vollbrachte.

Da kommen mir plötzlich meine „Erlebnisse" mit diesem Jesus wieder in Erinnerung. Im Trubel der Ereignisse der letzten Tage hatte ich sie fast vergessen. Wahrhaftig. Ein anderer, „früherer" Teil von mir war dabei, ich war Zeuge seiner Wunder.

Merkwürdig, dass ich ausgerechnet durch dieses Buch wieder daran erinnert werde. Ich möchte weiter in „meine" Vergangenheit vordringen. Aber zuerst will ich noch die örtliche Pfarrbücherei, die Peggy mir empfohlen hatte, besuchen.

Der Pfarrer, Reverend Wilson, den ich nach der Mittagszeit aufsuche, ist ein Mann Anfang fünfzig, das graublonde Haar ist voll, kurz geschnitten und straff zurückgekämmt. Irgendwie hatte ich die beleibte Figur eines „Bruder Tuck" aus den Robin Hood-Filmen erwartet. Reverend Wilson jedoch ist schlank und wirkt mehr wie ein Hochschullehrer denn wie ein weinseliger Klosterbruder. Trotzdem besitzt er eine ungeheuer warme Ausstrahlung.

Er scheint mich bereits erwartet zu haben, denn nachdem ich meinen Namen genannt habe, führt er mich gleich in einen etwa dreißig Quadratmeter großen Raum, seine Schatzkammer, wie er sie nennt. Die Wände sind gelb, ehemals wohl weiß gewesen, der Putz bröckelt an einigen Stellen ab. Durch ein außen mit Efeu beranktes Fenster fällt trübes Licht in den Raum. An allen Seiten, auch rechts an der Fensterseite, ist die „Schatzkammer" von hohen

Holzregalen umgeben. Jeder Quadratzentimeter Stellfläche scheint ausgenutzt, hier stapeln sich in den Ecken sowie auf und unter zwei kleinen Tischchen die verschiedensten Bücher. Kleine, glänzende Taschenbuchausgaben, Atlanten und große, braune Bücher mit goldverziertem Ledereinband. Einige sehen aus, als hätten sie nicht nur die letzte Jahrhundertwende hier in diesem dunklen Raum verschlafen.

„Eigentlich wollte ich hier immer einmal Ordnung schaffen," erahnt Pfarrer Wilson meine Gedanken „aber das wird eine Lebensaufgabe werden. Ich warte noch auf denjenigen, der eines Tages diesen Raum betritt und sich einfach ans Werk macht. Genauso wie mein Vater schon darauf gewartet hat. Vielleicht sind Sie ja derjenige, auf den wir Wilsons warten?"

Ein schelmisches Grinsen umspielt seine Mundwinkel und seine Augen werden in den Höhlen hinter den buschigen Augenbrauen glänzend.

„Ich glaube nicht, dass ich mich als Bibliothekar eigne" erwidere ich. „Ich wollte mir eigentlich nur ein paar Bücher für meine Freizeit ausleihen. Aber ich weiß nicht, wie ich mich in diesem Chaos, Verzeihung!, zurechtfinden soll."

„Junger Mann, glauben Sie, es wäre einfacher, wenn die Bücher nach Farbe, Größe oder Anfangsbuchstaben sortiert wären? Sehen Sie sich um und nehmen Sie das, was Sie suchen.

Bisher hat hier noch jeder gefunden, was er gesucht hat.
Lassen Sie sich Zeit. Ich muss noch die Messe vorbereiten, dann koche ich uns einen Tee."

Ohne eine Antwort abzuwarten, schließt er die Tür hinter sich. Ich schaue mich in diesem Raum um.
Recht hat er ja, der Pfarrer. Ich weiß ja gar nicht, was ich überhaupt suche. Vielleicht greife ich einfach mal hier hin und mal da hin und lasse die Bücher mich finden.

Es dunkelt schon, als Reverend Wilson mit einem Tablett mit Tee und Scones hereinkommt. Ich sitze an einem der kleinen Tische, den ich mir freigeräumt habe, indem ich den Stapel Bücher einfach in eine Ecke geräumt habe. Wie wahrscheinlich schon einige andere vor mir. So lässt sich das Durcheinander erklären.

Im Schimmer der Kerzenleuchter ...-brannten die Kerzen schon als ich eintrat? Wer hat sie angezündet? Ich habe nichts bemerkt -... bin ich gerade in ein Buch über griechische Mythologie versunken. Ich wusste gar nicht, dass ich mich für griechische Mythologie interessiere.

Aber auch die anderen Bücher sind wirklich eine chaotische Sammlung: "Der Schamane", "Islam und Christentum", "Buddha, Leben und Lehren", "Robinson Crusoe", "Die Bibel", "Reise durch den menschlichen Körper" und viele andere. Pfarrer Wilson wirft einen Blick auf meine Sammlung. „Wirklich keine leichte

Lektüre." lächelt er mehrdeutig und greift Daniel Defoes „Robinson" heraus.
„Wussten Sie, dass dieser Roman seinen Ursprung in dem sufischen Lehrroman „Hay Ibn Yaqzan" aus dem 12. Jahrhundert hat?"

Ich schüttle nur mit dem Kopf. Ich weiß nicht einmal, was ein Sufi ist. Aber das sage ich ihm wohl lieber nicht.

„Sie sind schon auf dem richtigen Weg." Lächelnd schiebt er mit dem Tablett einen Platz auf dem anderen Tisch frei. „Nun lassen Sie uns erst einmal Pause machen. Das war ein anstrengender Nachmittag."

Ich klappe das Buch zu und wir plaudern bei Tee und Keksen über Belanglosigkeiten. Irgendwie hatte ich von diesem Gespräch mehr erwartet. Nach einer halben Stunde verabschiedet Reverend Wilson mich mit den Worten. „Es wird Zeit. Nehmen Sie mit, was Sie ausgesucht haben und bringen Sie die Bücher einfach dann wieder herein und suchen Sie sich neue aus, wenn es Ihnen gerade auskommt. Gehen Sie durch die Gartentür, wenn ich gerade nicht da bin, die Bibliothek steht Ihnen immer offen."

Mit einem festen Händedruck lässt er mich stehen und ich schleppe meinen Stapel Bücher in die Pension. Die nächsten Wochen verbringe ich, losgelöst von Zeit und Raum, in Gesellschaft von Khalil Gibran, Idries Shah, Prentice Mulford, Daniel Defoe, Mary Stewart, Jaques Cousteau,

Gandhi, Moses, Mohammed, Menschen, Geistern, Schamanen, Propheten und Poeten.

Jedes Buch öffnet mir eine zauberhafte Welt, eine Erfahrung, für die ich bisher weder Augen noch Ohren hatte. Und erst recht nicht für diesen „geistigen Schwamm", der alles begierig in sich aufsaugt. Jedes Buch ist wie ein Teil des Lebens, ein Puzzlestück im großen Spiel des Lebens. Klein, groß, bunt, einfarbig, rund oder eckig, aber wichtig.

Ich verbringe die Tage in der Pension, auf „meinem" Platz am Strand oder in der Bibliothek, wo jedes Mal, wenn ich dort auftauche, eine Kanne Tee und etwas Gebäck für mich bereitstehen. Pfarrer Wilson allerdings sehe ich in diesen Tagen nur selten.

An einem Mittwochmorgen, ich gehe aus dem Zimmer, um zum Frühstück hinunter zu gehen, da bleibt mein linker Fuß plötzlich wie über dem Boden schweben. Vor der Tür liegt ein kleiner Keks, ein dreiblättriges Kleeblatt.

Mein Herz hüpft hoch. Peggy ist wieder da! Ich hatte sie in den letzten Wochen völlig vergessen. Vorsichtig hebe ich den Keks auf und hüpfe fröhlich die Treppe hinunter zum Frühstücksraum. Eigentlich müsste ich fliegen können!?

„Adam! Schön, dich wieder zu sehen. Wie geht es dir?" Ihre Stimme schwebt durch den Frühstücksraum.

„Bestens", strahle ich. „Und dir? Ich habe das Gefühl, als hätte ich in den letzten Wochen meine Doktorprüfung nachgeholt. Nur kann ich dir das Fach nicht nennen. Ich habe gelesen, kreuz und quer durch alle Orte, Zeiten, Religionen. Nur, dass es nicht ein Einpauken von Fakten war, wie sonst im Studium, sondern ein, ein ... einfach ein Erlebnis. Ich fühle eine positive Kraft in mir, die ich vorher nie gekannt habe. Ich weiß nicht, ob du das verstehen kannst."

„Oh doch. Pfarrer Wilsons Schatzkammer. Nicht wahr? Früher oder später finden wir alle unseren Weg dahin. Und sei es nachts, wenn alle anderen schlafen. Nicht wahr, Tante Ellen?"

Sie zwinkert ihr schelmisch zu.

„Gar nicht darauf hören!", antwortet Mrs. Pierson sofort, „sie spielt auf eine Jugendsünde von mir an, die ich ihr dummerweise vor drei Jahren gebeichtet habe. Obwohl man da von Sünde wirklich nicht sprechen kann. Aber damals war es eben nicht „normal", wenn ein kleines Mädchen sich für Bücher interessierte."

Sie dreht sich zur Küche um und beendet damit das Thema.

„Nun, mein Kind, was möchtest du? Tee oder Kaffee, Rührei oder Spiegelei, Grapefruit oder Porridge?"
Peggy bestellt Grapefruit, Tee und Rührei und Mrs. Pierson geht in die Küche.

Peggy schaut mich besorgt an. "Adam, ich finde, du solltest jetzt erst einmal ein paar Tage Pause einlegen. Du brauchst Zeit, all deine Eindrücke zu verarbeiten. Und du solltest lernen, mit deiner positiven Kraft umzugehen. Wir haben uns sicher viel zu erzählen. Wir wäre es nach dem Mittagessen? Ich koche uns was Feines und wir treffen uns um ein Uhr hier unten bei Tante Ellen, ja?"

Wunderbare Aussichten. Ich freue mich. „Fein, dann kann ich vorher nochmal bei Reverend Wilson reinschauen. Irgendwie habe ich das Gefühl, dass er heute meine Hilfe braucht. Und die letzten Bücher wollte ich sowieso zurückbringen."

Peggy nickt zur Bestätigung und wir frühstücken in Ruhe weiter. Bis Familie Caldwell herunterkommt. Sie sind auf der Durchreise und gestern Abend erst spät angekommen. Mr. und Mrs. Caldwell sowie zwei entzückende Kinder, Bob, etwa vier Jahre und Tom, etwa zehn Jahre. Kaum am Tisch hat Bob schon die Finger in der Marmelade, hastig zieht Tom sie wieder heraus. Mit der Folge, dass die Marmelade über den Tisch spritzt. Bob weint, Mrs. Caldwell schimpft.

Tom tritt Bob unter dem Tisch, Bob langt über den Tisch nach Toms Wange. Verfehlt sie, trifft aber die Blumenvase, die, eine Wasserspur hinterlassend, langsam auf die Tischkante zurollt. Beide schauen gespannt zu, bis sie fällt und auf dem Boden zerplatzt. Mr. Caldwell schimpft, Tom und Bob weinen, Mrs. Caldwell schaut hilflos zu Mrs. Pierson, die zu Peggy schaut, die Augen rollt und dann in der Küche verschwindet.

Wir beenden unser Frühstück etwas hastiger als geplant und ich stehe auf.

„Bis heute Mittag, Adam." Peggy steht auch auf. „Ich helfe Tantchen noch ein bisschen. Übrigens soll ich dich schön grüßen von Paul. Ich habe ihn vorgestern bei Mr. Gordon getroffen. Aber das erzähle ich dir alles heute Mittag. Grüße bitte Reverend Wilson von mir, sage ihm, ich käme heute Abend vorbei."

„Mache ich. Bis heute Mittag, Peggy." Ich drücke sie kurz. „Ich freue mich, dass du wieder da bist."

„Ich weiß." lächelt sie zurück und verschwindet in der Küche. Ich hole meine Bücher, Mantel, Schal und Mütze und mache mich auf den Weg. Es ist ein echtes Sauwetter. Schneematsch bedeckt den Boden und es hagelt aus dunklen, schweren Wolken. Da ich nicht zu früh in der Pfarrbücherei auftauchen will, gehe ich noch die Hauptstraße entlang und bummle an den Geschäften vorbei.

Wilson & Wilson (ob die wohl mit dem Pfarrer verwandt sind?) haben Sonderangebote im Schaufenster ausgestellt. Ein Etui mit Schraubenziehern und einem Stromprüfer fängt meinen Blick. Nur 1.99 Pfund. Das hatte ich immer schon einmal kaufen wollen. Warum nicht jetzt?

Als bei meinem Eintreten die Türglocke ertönt, erhasche ich für Sekundenbruchteile einen Blick in einen mir unbekannten, orientalisch eingerichteten Raum. Aber ehe ich richtig zugreifen kann, ist das Bild wieder fort.

Nach einem kurzen, obligatorischen Gespräch über das Wetter verlasse ich mit dem Etui den Laden. Meine Gedanken an weitere Visionen schiebe ich erst einmal beiseite. Das fällt mir in Anbetracht meines jetzigen psychischen Hochgefühls auch leicht. Erst will ich einmal abwarten, was der Besuch bei Reverend Wilson bringt. Ob da wieder ein Tee auf mich wartet? Auch zu dieser frühen Stunde?

Der Weg zur Kirche geht leicht bergauf und ist ganz schön rutschig bei diesem Wetter.

Kirche, Pfarrheim und Friedhof liegen auf einer kleinen Anhöhe und sind mit einer alten, grauen Steinmauer umzäunt. Efeu wuchert über den etwa einen Meter hohen Wall. Direkt hinter dem zweiflügeligen Eingangstor aus rostigem Metall verzweigt sich der Weg. Geradeaus gelangt man nach etwa zehn Metern zur Eingangspforte der St. Elisabeth Church. Rechts schlängelt sich der Weg an Rhododendronbüschen vorbei zum Pfarrhaus, das, genau wie die Kirche, auf einer weiteren Erhebung innerhalb dieses kleinen Hügels erbaut wurde. Beide sind aus dem gleichen Stein wie die Mauer, schätzungsweise zweihundert Jahre alt.

Hinter der Kirche und dem Pfarrhaus schmiegt sich der Friedhof in das unebene, weitgehend naturbelassene Gelände. Hier reiht sich nicht, wie bei uns in der Stadt, Grab an Grab in einer schnurgeraden Reihe, hier haben die Dorfbewohner ihre letzte Ruhestätte unter Zedern, zwischen Rhododendronbüschen oder im Schatten des kleinen Brunnens gefunden, wo es gerade passend erschien.

An der Pforte zum Friedhof ist der Weg sogar vereist, fast wäre ich gestürzt. Als ich mich an der Weggabelung nach rechts zum Pfarrhaus wende, bricht plötzlich die Sonne durch. Wie ein himmlischer Finger greift sie nach der Seitenwand der Kirche und lässt sie und ihre bunten Kirchenfenster aufleuchten.

Wenn dies ein Märchen wäre, müsste dort unten eigentlich ein Topf mit Gold stehen.

„Wenn dies ein Märchen wäre, müsste dort unten eigentlich ein Topf mit Gold stehen." spricht mich Pfarrer Wilson unerwartet von hinten an. „Ich wünschte, ich könnte das Licht in den Keller leiten, ich sitze dort nämlich im Dunkeln. Verstehen Sie etwas von Elektrizität, junger Mann?"

Ich nicke. „Lassen Sie uns das mal ansehen." Ich wundere mich nicht mehr, dass wir zwei denselben Gedanken hatten. Und dass ich heute

„zufällig" das Etui gekauft habe, zeigt mir, dass das Leben ein Strom von Ereignissen ist, in dem wir geborgen sind, wenn wir uns ihm anvertrauen, und mit dem wir unsere Schwierigkeiten haben, wenn wir versuchen, gegen ihn an zu rudern.
Ich habe wieder dieses wunderbare Gefühl, „geführt" zu werden, jedoch ohne gegängelt zu werden. Gott (wie soll ich diese Kraft in Angesicht dieser Kirche anders nennen?) führt uns auf unserem Weg, aber wir treffen selbst unsere Entscheidungen. Richtige und falsche.

Pfarrer Wilson wartet schon in der Tür, ich folge ihm in den Keller und in kurzer Zeit habe ich den Fehler im Sicherungskasten behoben. Einige Drähte hatten sich gelöst und einen Kurzschluss verursacht.

"So früh habe ich gar nicht mit Ihnen gerechnet", eröffnet Reverend Wilson später die Unterhaltung "Meine Haushälterin hat gerade etwas Tee zubereitet, darf ich Sie zu einem Tässchen einladen?"

Gerne nehme ich an und in kurzer Zeit entwickelt sich zwischen uns ein reger Gedankenaustausch, in dem ich mehrfach Reverend Wilson Respekt zollen muss. Er ist wirklich alles andere als ein verstaubter, alter Kirchendiener. Sein Hauptinteresse gilt den alten Religionen, aber er beschäftigt sich auch mit den „Grenzwissenschaften", die „heutzutage unter dem Namen Esoterik mehr vermarktet als tatsächlich zum Wohle aller einer breiten

Öffentlichkeit zugänglich gemacht werden", so sagt er. „Meiner Gemeinde brauche ich damit aber gar nicht erst zu kommen. Die wollen lieber an einen toten Jesus auf Erden und einen allmächtigen Gott irgendwo oben im Himmel glauben, als zu akzeptieren, dass das Reich Gottes, die Kraft des Guten, in jedem von uns steckt. `Wo drei oder mehr von Euch in meinem Namen versammelt sind, da bin ich mitten unter Euch!"

Der Pfarrer schenkt erneut Tee nach. „Viele gehen mit offenen Augen blind durch das Leben. Aber die Zahl der Sehenden wird in letzter Zeit größer. Vielleicht gehen wir einem neuen Zeitalter entgegen? Vielleicht dem verloren geglaubten goldenen? Was meinen Sie, Adam, besteht noch Hoffnung für die Menschheit?"

„Immer," antworte ich spontan, „und heute mehr denn je. Ich glaube auch, dass unsere geistige Entwicklung noch in den Kinderschuhen steckt, aber sie hat schon das Gehen gelernt. Bald wird sie laufen und springen können."

Reverend Wilson scheint mit der Antwort zufrieden zu sein. „Ein schönes Beispiel, Adam. Aber ich glaube, wir sollten jetzt erst einmal Schluss machen, sonst zerreden wir den ganzen Tag. Und Sie haben sicherlich zu Mittag etwas vor, oder?"

„Ja." sage ich und schaue auf die Uhr. Halb zwölf. Noch Zeit. „Ich soll Sie übrigens sehr lieb von Peggy grüßen, sie will heute Abend bei Ihnen vorbeikommen."

Für den Bruchteil einer Sekunde rieche ich plötzlich verbranntes Fleisch, höre Stimmen, Fluchen. Und wieder ist es fort, bevor ich zugreifen kann. Es kam mir aber, im Gegensatz zu der Vision bei Wilson & Wilson seltsam vertraut vor. Ich werde mir auf dem Nachhauseweg darüber Gedanken machen. Zuerst aber verabschiede ich mich herzlich bei Pfarrer Wilson.

Als sich die Tür hinter mir schließt, verspüre ich plötzlich Appetit auf Pizza.

Da ich nicht zu früh zurück sein will, bummele ich noch etwas die Straßen entlang. Der Schneefall wird stärker. Die Flocken fallen leichter, trockener. Wäre schön, wenn der Schnee liegen bliebe. Die Rutscherei auf dem Schneematsch bin ich leid.

Eine schöne feste Schneedecke, das wäre was!

So wie damals. Auf dem Berg.

*

Hira.

Keiner konnte sich erinnern, dass es hier jemals geschneit hatte. Schnee im Land der Araber? Kaum einer hat es geglaubt. Und nur wenige hatten es gesehen. Ich war eine davon.

Ich war Muhammad, dem Herrn meines Hauses, inzwischen hatte er die schöne Witwe Khadidja geheiratet, heimlich gefolgt, als er wieder einmal auf den Berg Hira ging, um zu meditieren. Obwohl er die Ruhe und Abgeschiedenheit dort über alles liebte, nahm er mich doch manchmal mit. Wir führten dort oben stundenlange Gespräche über Gott und die Welt. Wir ergänzten uns, tauschten Wissen, Weisheiten und Gedanken aus. Ich lernte, mich tiefer in die Ursprünge der Heilkunde einzufühlen, spürte die Zusammenhänge von göttlicher Führung und menschlichem Werk.

Aber an jenem Tag wollte er allein sein. Unbedingt. Bislang hatte ich das immer respektiert, meine Tage waren ohnehin ausgefüllt. Doch etwas drängte mich, ihm zu folgen.

Schon weit vor der Höhle, in die er sich zurückzog, blies mir ein eiskalter Wind in das Gesicht, der mir den Atem stocken ließ. Ich blieb stehen. Ich verstand es als ein Zeichen.

Es wurde zunehmend kälter. Ich kauerte mich hinter einen Felsvorsprung und zog mein Gewand enger um mich. Der Himmel bezog sich, der Wind nahm zu. Dann fielen die ersten weißen Flocken vom Himmel. Schnee! Ich hatte davon gehört, aber selbst noch keinen gesehen.

Immer dichter fielen die weißen Flocken, wie ein undurchsichtiger Vorhang wehten sie hin und her. Ich meinte weiße Gestalten zu sehen, mannshoch, die sich vor dem Eingang zur Höhle bewegten. Das einsetzende Gewitter klang wie Donnerstimmen.

Ich hatte Angst. Ich fühlte die Anwesenheit einer anderen Wesenheit, fühlte den Kontakt. Dann fiel ein Schleier der Ruhe und Geborgenheit über mich.

Ich weiß nicht, wie lange es dauerte, bis sich der Schleier wieder hob und ich wieder klar wurde. Der Himmel war wieder klar und blau. Der Boden bedeckt mit Schnee. Nur um mich herum, in meiner Ecke, schimmerte die blassgrüne Bergvegetation.

Ich sah Muhammad den Berg hinabgehen. Seltsam steif war sein Gang. Ich rief ihm nicht nach. Ich schaute zur Höhle. Und wieder zu Muhammad. Eine unberührte Schneefläche erstreckte sich über die Mulde vor der Höhle.

Mich schauderte. Ich war hier einer Kraft begegnet, die unerklärbar, unermesslich war. Und ich hatte sie gespürt. Ich hatte gefühlt, ich war ein Teil von ihr. Wie es jeder von uns ist. Aber nicht jedem ist es gegeben, das zu erfahren.

Ich würde das Erlebnis nie vergessen. Und Muhammad sicherlich auch nicht. Er würde dem Volk davon erzählen.

Ich ging den Berg hinab. Meine Sandalen sanken in den Schnee ein, der durch die Sonne schnell aufgetaut wurde.

Meine Füße sind nass und kalt. Warum schauen die Leute mich so merkwürdig an?

Es ist wahr, ich habe dieses Erlebnis nie vergessen. Aber ich habe es niemandem weitererzählt. Auch ihm nicht.

*

Diese kalten Füße!

Ich schaue an mir herab. Meine Schuhe stehen bis hoch zu meinen Knöcheln in einer Pfütze. Kein Wunder, dass mich jeder so anstarrt.

Ein Blick auf die Uhr: halb eins. Ich mache mich eilig auf den Weg zur Pension. Das Wasser quatscht in meinen Schuhen.

In schnellem Lauf erreiche ich die Pension, haste die Stufen hoch. Auf dem Teppich, der die Treppe bedeckt, hinterlasse ich eine feuchte Spur bis zu meinem Zimmer. Die nassen Sachen ausziehen, umziehen und schnell wieder nach unten!

Ich bin, wieder einmal, in Hochstimmung. Eine ungeheure Vorfreude erfasst mich. Ich könnte, wenn ich wollte, auf mein Gedächtnis zurückgreifen und mich an Ereignisse aus meinem früheren Leben erinnern. Aus reiner Willenskraft. Ich war Kalana!

Ich bewahre dieses Wissen, dieses Gefühl, wie einen Schatz, ein Heiligtum. Ich werde mich ihm nähern, wenn es Zeit dazu ist. Nicht jetzt.

Voller Vorfreude auf ein kulinarisches Mal ziehe ich meine besten Sachen an und gehe hinunter.

„Es gibt Pizza!" Eine unverhohlene Abscheu liegt in Mrs. Piersons Worten, der mich an der Treppe empfängt. Sie trägt einen braunen Wollmantel und Moonboots. Ob in der Küche Schnee liegt? „Peggy hat die Lammkeule anbrennen lassen. Immer in Gedanken ganz woanders, dieses junge Ding. Hoffentlich schmeckt es Ihnen trotzdem. Ich lasse Euch jetzt allein, Kinder. Bis heute Abend."

Etwas lauter als nötig schließt sie die Tür hinter sich. Peggy schaut mich fragend an, dann lachen wir beide gleichzeitig los.

Pizza! Wer hätte das gedacht?!

Ich hatte doch den Geruch von verbranntem Fleisch gespürt, auch den plötzlichen Appetit auf Pizza. Waren meine Gedanken, oder war mein Unterbewusstsein, oder was auch immer, die ganze Zeit bei Peggy gewesen? Oder hatte sie mir eine Botschaft geschickt. Bewusst oder unbewusst?

Egal, wie, an einen Zufall glaube ich schon längst nicht mehr.

Und während Peggy, wie um das zu bestätigen, energisch den Kopf schüttelt, wird mir erst klar, dass wir gar nicht miteinander gesprochen haben. Und doch hatten wir gerade eine Unterhaltung!

„Gedankenaustausch" sagt Peggy, „ist das richtige Wort. Sprache ist ein Ausdruck deines Körpers, Gedanken der deiner Seele. Unsere Seelen, nicht nur unsere zwei meine ich, die Seelen aller Menschen kommunizieren miteinander. Nur bemerken wir es meistens gar nicht, weil wir uns dessen nicht bewusst werden. Es geschieht auf einer anderen, höheren Ebene."

„Ich weiß, was du meinst. Die Ebene des Bewussten verlassen, Meditation und so." Mir fehlen die richtigen Worte.

„Ja. Nein. Zum Teil." Peggy zieht mich an einer Hand in das Wohnzimmer. „Meditation ist nur ein Aspekt. Ein Weg zur Erfahrung der nicht sichtbaren, nicht fühlbaren Welt. Wie stehen ständig mit der großen Macht, Gott, oder wie auch immer du sie jetzt nennen willst, in Verbindung. Nicht nur während der kurzen Pausen im Alltag, in der Meditation, oder so. Unser Ziel muss es sein, uns dessen auch ständig bewusst zu sein."

„Ja, ich glaube jetzt weiß ich, was du meinst. ich habe seit Tagen ein merkwürdiges Gefühl, so als ob da etwas auf mich wartet, außerhalb meiner ganzen Träume und Visionen. Kannst du mich lehren? Willst du es?"

Ich kann mir nichts Schöneres denken, als die vielen Aspekte meines neuen Lebens mit ihr zu teilen, mich von ihr führen zu lassen.

„Deshalb bin ich hier. Deshalb sind wir hier, jetzt und an diesem Ort. Aber merke die eines: du musst nicht einfach nur wollen. Du musst bereit sein. Bereit zu fühlen, zu empfinden, zu verstehen und zu geben.

Du hast in den letzten Wochen so viel Erfahrungen gesammelt, wie ich in fast fünf Jahren. Aber doch stehst du noch vor dem großen Durchbruch, der dir das Verständnis all dieser merkwürdigen Begebenheiten der letzten Zeit ermöglichen wird. Aber zusammen werden wir es auch diesmal schaffen!"

Ich war gerade im Begriff, mich an den Tisch zu setzen, doch diese Bemerkung ließ mich innehalten. Den Po noch knapp über dem Stuhl schwebend, frage ich gespannt und verspannt: „Was soll das heißen: auch diesmal?"

„Gedulde dich, Adam. Alles zu seiner Zeit. Du wirst dann verstehen, wenn es wichtig ist. Hast du dich eigentlich schon einmal gefragt, woher dein Vorname kommt?

Nun schau nicht so blöd! Ich wollte damit nicht andeuten, dass du die Reinkarnation des ersten biblischen Menschen bist."

Meine Augen auf ihren Mund geheftet, gleite ich langsam runter auf den Stuhl.

„Du wirst erfahren, dass an unserer Evolutionstheorie eine ganze Menge Wahres dran ist. Mehr, als an der Geschichte von Adam und Eva. Aber wenn du bedenkst, zu welcher Zeit diese geschrieben wurde und wie beschränkt das Verständnis der Menschen damals war, wirst du merken, dass auch diese Geschichte gar nicht einmal so falsch ist."

Sie dreht sich vom Tisch weg, zum Ofen hin.

„Aber auch das zu seiner Zeit. Die Pizza wartet."

Es folgen schweigsame Minuten, in den wir uns dem Essen zuwenden. Die Mafia-Torte, wie meine Mutter sie immer nannte, schmeckt vorzüglich. Mit frischen Champignons und Paprika garniert hatte Peggy ihr das typische "Tiefkühlkost-Aroma" etwas genommen. Als Gentleman übersehe ich die Verpackungskartons hinter dem Träger mit leeren Milchflaschen.

Eine Tasse Kaffee zum Abschluss, dann sitzen wir gemütlich in den tiefen Sesseln vor dem glimmenden Kamin.

„Das Feuer könnte etwas besser brennen", bemerke ich, „es geht sonst aus."

Peggy nickt. Ein Luftzug kommt auf und wirbelt die Asche unter dem dicken Eichenholzstück hoch. Gelb/rote Flamme lodern auf.

Ich blicke Peggy fragend an, ihre Augen sagen: „später!" Dann steht sie auf und wirft noch etwas Holz in die Flammen.

„Ich glaube, das Einfachste wird sein, Adam, wenn du heute Abend mit mir zu Reverend Wilson gehst. Wir wollten ohnehin über dich sprechen, aber so könnten wir zwei Fliegen mit einer Klappe schlagen. Der Pfarrer hat auch mir geholfen, als ich „auf dem Weg" war." Mit dem Zeige- und Mittelfinger der rechten Hand zeichnet sie zwei Anführungszeichen in die Luft. „Damals hatte ich Angst, von der bösen Seite der Macht besessen zu sein. Mein Weg verlief damals nämlich genau entgegengesetzt wie jetzt deiner."

Peggy holt tief Luft, wie, um sich auf eine lange Erzählung einzurichten.

„Nach meiner Ausbildung zur Krankenschwester und einigen beruflichen und privaten Fehlschlägen dachte ich mir, dass es da doch noch mehr geben müsse als geboren zu werden, zu essen, zu arbeiten und zu sterben. Ich habe hart gearbeitet, um meinen Weg zu finden.

Ich schloss mich Selbsterfahrungsgruppen an, lernte Tai-Chi-Chuan und viele andere asiatische und westliche Lehren, versuchte mich in einer Ausbildung zu Therapeutin.

Dann war ich, wie ich dir schon erzählt hatte, in Israel, Arabien, und so weiter. Nicht das erste Mal, wie ich inzwischen weiß. Immer spürte ich, dass da etwas war, das auf mich wartete. Aber es war wie hinter einer hohen Mauer, ich konnte nicht hindurch- und nicht hinübersehen. Ich hätte einfach nur um die Mauer herumgehen müssen!"

Sie lacht gedankenverloren.

„Vor etwas mehr als vier Jahren, als ich mich für ein paar Tage hier bei meiner Tante ausruhen wollte, setzten plötzlich diese Visionen ein. Sie kamen nicht, als ich sie gefordert hatte, sie kamen unerwartet, als ich frei war, dafür.

Das erste Mal, es war während meiner abendlichen Meditationsübungen, spürte ich plötzlich, wie meine Seele meinen Körper verließ. Ich sah mich, nein, ich empfand mich langsam über meinen ruhenden Körper schwebend. Zuerst war ich so erschrocken, dass meine Seele wie mit einem Knall in meinen Körper zurückkehrte.

Ich war völlig durcheinander. Hatte eine sehr schlechte Nacht, war am nächsten Morgen trotzdem aber erstaunlich gut drauf. Drei Abende später geschah es wieder, nachdem ich gelernt hatte, die Ruhe zu finden, die ich dafür brauchte. Man kann es eben einfach nicht zwingen, das hast du ja auch schon gemerkt."

Ich nicke nur, will sie nicht unterbrechen.

„Nach und nach lernte ich, meine Seele frei zu machen und auf die Reise zu gehen. Das war vergleichbar mit dem Zustand, durch den man gerät, wenn man einschläft. Die Phase, wo man noch nicht schläft, aber auch nicht mehr ganz wach ist. Irgend Jemand hat mal gesagt: Im Traum hat die Seele Flügel. Das ist gar nicht einmal so verkehrt.

Ich lernte, aus mir heraus zu gehen. Jedes Mal ein bisschen mehr. Ein euphorisierendes Gefühl, das kann ich dir sagen. Besser als jeder Traum. Langsam, ganz langsam, löst man sich von seinem Körper. Man entschwebt ihm. Dann macht man sich auf die Reise.
Am Anfang waren es kurze Ausflüge, wobei man „Flüge" - wieder die in die Luft gemalten Anführungszeichen - wörtlich nehmen kann. Ich startete immer von meinem Körper und erkundete mir bereits bekanntes Gelände. Merkwürdigerweise immer in einer „Flughöhe" von etwa zwei Metern. Ich flog so herum und schaute, traf aber nie jemanden an. Später fiel mir auf, dass immer, wenn ich unterwegs war, es hell war, auch wenn ich meinen Körper im Dunkeln verlassen hatte."

Fasziniert schaue ihr in die leuchtenden Augen, während sie weiter erzählt.

„Ich geriet ins Zweifeln. War das alles nur Einbildung? Schließlich war ich ja immer nur zu Orten geflogen, die ich ohnehin schon kannte. Ich fasste den festen Vorsatz, beim nächsten Mal weiter zu gehen.

Am nächsten Abend erinnerte ich mich, schon auf der Reise, meines Vorsatzes, diesmal mehr zu wagen. Ich wollte weiter. Da tat sich vor mir etwas auf, das man auf der körperlichen Ebene etwa so beschreiben könnte: ein großes, schwarzes Loch, nein, mehr ein Wirbel, oder so eine Art Füllhorn. Es war innen unendlich tief und abgrundschwarz. Und eigentlich auch unbegrenzt.

Aber", sie schaut nach oben, so als wenn sie nach Worten sucht, „die Vorstellung eines Füllhornes passt in etwa. Aus diesem Trichter schlangen sich Myriaden silberner Fäden, die am Ende des Trichters so weit voneinander entfernt waren, dass man von einem aus den anderen nicht sehen konnte. Aber innen, im Zentrum, liefen sie alle zusammen zu einer einzigen, glänzenden Kugel. Ich erfasste einen Silberfaden und er riss mich mit sich. Ich wirbelte durch Raum und Zeit, ähnlich wie bei einer Ohnmacht.

Ich fand mich wieder in Jerusalem, in einem Haus, in einem Körper. Ich war eine Frau um die achtundzwanzig Jahre, eine Heilkundige. Nein, ich war nicht diese Frau, aber ich war bei ihr, in ihr. Ohne Sie zu verdrängen. Als Gast, Beobachter.

Ich, diese Frau, hatte gerade Besuch von einer Freundin, auch einer Heilkundigen, die von einer langen Reise zurückgekehrt war uns wir tauschten Erfahrungen und Rezepte aus.

Schnell und doch vorsichtig zog ich mich wieder zurück aus diesem Körper, dieser Zeit, diesem „bewußt-sein". Völlig verwirrt saß ich dann da und versuchte mehr als eine Stunde lang, meine Gedanken zu sortieren.

Da bekam ich es auf einmal mit der Angst zu tun. Was, wenn ich es einmal nicht mehr schaffte, von so einer Reise zurückzukehren? Wenn ich vielleicht gerade in den Körper eines Sterbenden tauchte? Würde ich dann auf ewig im Nichts umherirren, während mein Körper auf einer Intensivstation im Koma läge und keiner eine Erklärung dafür hätte. Ich war so verunsichert, von meiner eigenen Furcht gefangen, dass ich nicht einmal mehr schlafen wollte. Aus Furcht, unbeabsichtigt auf die Reise zu gehen. Ich versuchte krampfhaft, wach zu bleiben, fiel dann aber doch immer irgendwann in einen unruhigen, ermüdenden Schlaf.

In diesem ausgemergelten Zustand traf ich Paul. Wir kannten uns flüchtig aus der Kindheit. Er ist immer hier im Ort geblieben, während ich es hier nie lange ausgehalten habe. Internat, Universität, Ausbildung und so weiter. Er war immer der nette Nachbarsjunge, drei Jahre älter als ich. So ein Typ großer Bruder für Notfälle. Aber die waren selten.

Dann trafen wir uns eines Sonntags nach der Messe, Reverend Wilson brachte uns zusammen.

„Peggy, du kennst doch noch Paul?", und so weiter. Wir kamen ins Gespräch, Paul brachte mich nach Hause und wir standen noch lange unten am Gartentor und ich schüttete Paul mein ganzes Herz aus. Paul nahm alles in sich auf, wie ein trockener Schwamm, und ich sprudelte aus mir heraus wie Wasser aus einem schwankenden Krug. Dann gingen wir zusammen runter ans Meer, genau zu der Stelle, die auch du dir ausgesucht hast, und Paul erzählte von sich. Von seinen telepathischen Erfahrungen, Vorausahnungen, von seinem geistigen Potential.

Er besitzt das alles schon seit frühester Kindheit und es hatte ihn immer schwer gehemmt, so anders zu sein als seine Freunde. Irgendwann hatte er sich dann Reverend Wilson anvertraut und dieser hatte ihm geholfen, zu lernen, seine Fähigkeiten zu akzeptieren und auszubilden.
So hatten wir beide unsere unterschiedlichen Erfahrungen gemacht und beschlossen, uns zusammenzutun, um uns zu ergänzen, zu helfen und gemeinsam vielleicht irgendetwas ganz Großartiges zu machen.

Paul wollte von Anfang an Reverend Wilson ins Vertrauen ziehen, weil er ihm so sehr geholfen hatte, aber damals konnte ich ihn einfach nicht leiden. Er erinnerte mich an einen Hochschulprofessor, der mich durch das Examen hatte sausen lassen.

Wir verbrachten viele Wochen gemeinsam, auf dem Felsen am Meer, in Pauls Wohnung über seiner Werkstatt oder bei Spaziergängen."

Sie schien meine hochgezogenen Brauen und die offene Frage bemerkt zu haben. Peggy lächelte.

„Nein, nein, da war nichts zwischen uns. Er war und ist immer noch mein ‚großer Bruder'.

In seiner Gegenwart konnte ich wieder meditieren und auf Reise gehen, denn ich wusste, da war jemand, zu dem ich immer zurückkehren würde. Ich hatte einen Anker, ein Rettungsseil. Meine Reisen wurden immer länger, ausgiebiger. Nach meiner Rückkehr fiel ich fast immer in einen erholsamen Schlaf. Ich wusste, dass Paul da war und über mich wachte.

Ich reiste durch Raum und Zeit, nicht planlos, sondern nach meinen Vorstellungen. Die silbernen Fäden brauchte ich bald nicht mehr.

Ich konnte teilnehmen am großen ‚Weltgedächtnis', in dem alles gespeichert ist, was bisher geschehen ist. Nichts ist verloren Adam. Nichts!"

„Was ist mit der Zukunft?", plappert es aus mir heraus. Mein Mund ist trocken, ich habe tausend Fragen, bin aber gefangen von Peggys Erzählungen.

„Sie ist auch da, denn sie ist nichts ohne die Vergangenheit, genau wie die Vergangenheit nichts ist ohne die Zukunft. Aber dazu später mehr.

Ich konnte an alle Orte der Welt reisen, aber es zog mich immer wieder in zwei bestimmte Regionen: einen kleinen, unscheinbaren Wald hier in der Nähe und in den Orient. Jerusalem, Mekka, Alexandria."

Ich nicke. Jetzt muss ich sie doch unterbrechen. „Du bist ohne deinen Körper dorthin gereist. Wie war das? Etwa so wie in meinen Visionen? Verzeih, du weißt ja gar nicht, wie das bei mir war, ich habe dir noch nie richtig davon erzählt."

„Doch!" Sie lächelt vielsagend. „Ich weiß es. Bei deiner letzten Reise war ich sogar dabei. Du warst nur noch nicht sensibel genug, um es zu bemerken.

Aber lass mich zum Ende kommen, sonst verliere ich den Faden. Wo war ich? Ach, ja! Paul war mein „Wächter", während ich auf Reisen ging, nach einigen Wochen begleitete mir mich dann auch spürbar. Bis dahin war er immer unmerklich dabei gewesen. Es ist wundervoll, wenn zwei oder mehrere auf die Reise gehen. Ein Gefühl von Kraft, positiver, wachsender Kraft. Du wirst es bald auch empfinden können.

Eines Abends, wir wollten eigentlich nur Entspannungsübungen machen, gar nicht weit reisen, zog es Paul unerwartet von hier fort. Es ging so schnell, dass ich ihm gar nicht zu folgen vermochte.

Es war Jesiah Gordon, der ihn gerufen hatte. Paul war völlig verwirrt von diesem Ort und der Begegnung mit Mr. Gordon. Ich hatte schon einmal erzählt, Paul war nie von hier fortgegangen. Aber nach diesem Abend war Paul sicher, dass dort eine Aufgabe auf ihn wartete und er traf seine Reisevorbereitungen. Er war hin und her gerissen zwischen dem Drang, zu fahren und dem Wunsch, hier zu bleiben.

Und ich hatte, als er dann fuhr, wieder schlaflose Nächte. Jedes Mal, wenn ich kurz vor dem Einschlafen war, spürte ich, dass etwas nach mir, meinem Bewusstsein, griff. Das war anders als die gemeinsamen Reisen. Unangenehmer, drängend. Du kennst dieses Gefühl nicht, aber glaube mir, es ist etwas, dass einem Angst macht, wenn man nicht darauf vorbereitet ist.

Ich war durch Pauls unerwartete Abreise moralisch so weit unten, dass ich dachte, das Böse greife nach mir. Jedes Mal, wenn ich das Tasten in mir fühlte, schreckte ich auf, im Schlaf, beim Spazierengehen, bei der Arbeit hier im Hause. Nach drei Tagen, es war wieder ein Sonntag, ging ich nach der Messe zu Reverend Wilson. Du glaubst gar nicht, was ich bis dahin mitgemacht habe!"

Ihre rechte Hand fährt durch ihr Haar. Sie lässt mich für einen Sekundenbruchteil mitfühlen.

„Angst! Angst ist wirklich unser größter Feind. Und gegen unbewusste Angst anzukämpfen ist ungeheuer schwierig.

Der Pfarrer sah, in welch erbärmlichem Zustand ich war und führte mich gleich in seine ‚Schatzkammer'. Allein schon die Atmosphäre des Raumes gab mir das Gefühl von Sicherheit und Frieden zurück. Er sagt übrigens, dass dies wohl die älteste Bibliothek diesseits und jenseits des Kanals sei, jedenfalls was das Alter der Bücher angeht. Welch einen Schatz würde die Bibliothek von Alexandria wohl bergen, wäre sie nicht durch das Feuer zerstört worden! Übrigens ein Thema, über das du dich stundenlang mit ihm unterhalten kannst. Er ist noch heute gezeichnet von dem Verlust, der die ganze Menschheit trifft."

Ich beginne zu ahnen, worauf sie anspielt. Doch bin ich viel zu sehr gefangen von Peggys Erzählungen, um meinen eigenen Gedanken nach zu hängen.

„Dann jedenfalls habe ich ihm meine Probleme geschildert, erst sachlich und nüchtern, aber bald hatte er doch mein Vertrauen gewonnen und ich sprudelte alles, was mich bedrückte, aus mir heraus.

Er hatte das alles schon gewusst und mich erwartet, aber er hörte aufmerksam zu, bis ich fertig war. Dann berührte er mich ganz vorsichtig, legte seine Hände auf meine Schultern, seine Seele tastete nach meiner. Es war das gleiche Gefühl wie in den vorangegangenen Tagen, nur unendlich gefühlvoller. Ich fühlte mich wie ein Becher, der langsam mit süßem Wein gefüllt wird. Ich war frei von Angst, obwohl er langsam mein Bewusstsein befühlte.

Der Pfarrer erklärte mir, dass dieses Gefühl der ‚Inbesitznahme', das ich in den Tagen zuvor gehabt hatte, Pauls suchende Seele gewesen wäre, die versucht hatte, mit mir in Kontakt zu treten. Paul war bei Mr. Gordon in eine Art Ausbildung gegangen, und er wollte mir auf diese noch etwas unbeholfene Art nur mitteilen, dass es ihm gut gehe. Er hatte meine Unruhe, meine Angst gespürt und versucht, zu mir durchzudringen, was für mich die Sache nur noch schlimmer gemacht hatte."

Peggy lacht laut auf. „Hätte er doch einfach zum Telefon gegriffen! Aber Mr. Gordon hatte dann mit Reverend Wilson Kontakt aufgenommen und sie hatten sich erst beide, dann alle drei, ausgetauscht."

„Das klingt ja fast, als ob da eine Verschwörung im Gange wäre, eine Art magischer Zirkel, oder so etwas." Ich mische mich jetzt ein, bin etwas beunruhigt. „Nein, guck nicht so entsetzt, Peggy. Ich will mich nicht darüber lustig machen. Aber es ist für mich alles gar nicht so leicht zu verstehen."

„Das glaube ich dir. Für dich kommt ja jetzt auch vieles auf einmal. Aber du hast auch schon viele Erfahrungen in dieser Richtung gemacht, nur hat dein Verstand sie logisch erklärt, verdrängt, in die hinterste Schublade des Gedächtnisses abgelegt.

Ich werde dir helfen, dich etwas mehr zu öffnen, dir erleichtern, deinem Gefühl zu trauen und deinem Verstand zu misstrauen.

Vertraue mir, es ist ganz leicht. Ähnlich vielleicht wie bei einer Hypnose. Suche einmal in deinem Gedächtnis, in deiner Vergangenheit nach Begebenheiten, Eindrücken, Sinnestäuschungen, die du schon fast „vergessen" hast. Ich helfe dir dabei, ohne dass du mich bemerkst, ich zeige dir die Türen, die du aufstoßen musst."

Peggy als meine Lehrerin? Warum nicht?! Während sie zum Tisch geht, um noch etwas Tee für uns beide nachzugießen, versuche ich, mich schon mal an diesen Gedanken zu gewöhnen.

Sie schaut mich ermunternd an.

„Adam. Fange einfach da an, wo du willst, lasse es plätschern ohne zu sehr konzentriert zu sein. Im Gegensatz zur Hypnose ist dein Bewusstsein aktiv und du wirst hinterher über alles mit mir reden können. Fang an!"

Das kommt mir alles etwas plötzlich. So zwischen Tee und Tasse. Aber sie wird schon wissen, was richtig ist. Ich stimme zu.

„Na gut. Anfangen müsste ich mit dir und Paul, dass er plötzlich am Bahnhof stand, ich einfach einstieg, der plötzliche Schneesturm, Mr. Gordon, der ‚zufällig' in dem Tea-Room war und uns auch ein Quartier für die Nacht anbot, wo wir dich dann mitnahmen und so weiter. Aber das kann ja auch alles abgekartet gewesen sein."

„Versuche jetzt nicht, logische Erklärungen zu finden. Erzähle nur." Weist Peggy mich freundlich zurecht.

„Gut. Meine Traumreisen, die plötzlich anfingen. Und Kleinigkeiten: die unberührte Schneefläche, als ich aus dem Tea-Room kam, obwohl die beiden doch schon vorgegangen waren. Das Kreuz an der Wand, war das nicht erst ein anderes? Und Paul merkwürdiges Aussehen, diese leuchtenden roten Locken über der schmutzigen Monteurskluft.

Ist Paul ein Engel?"

„Ein Engel? Paul?" Peggy lacht lauthals los. „Nein, ganz bestimmt nicht. Aber mach weiter, gehe weiter zurück, in deine Jugend, deine Kindheit."

„Meine Kindheit, ja. Ich hatte oft Träume, die später wahr wurden, wie zum Beispiel den mit den Zahlen der Lotterie. Aber keiner glaubte mir. Alle hielten das für Unfug oder einen Trick. Auch meine Eltern. So sagte ich bald nichts mehr davon. Später hörte es auch ganz auf.

Ich dachte eine Zeitlang, ich hätte ‚heilende Hände' oder so etwas. Ich konnte meine Freunde bei Verletzungen oder auch ganz kleine Babys immer sehr schnell durch sanftes Streicheln beruhigen. Einmal, als ich wegen des ersten Kusses so ungeheuer glücklich war, öffnete sich der Tannenzapfen, den ich in meiner Hand hielt, innerhalb eines Augenblickes. Meine Eltern sagten, das hätte ich mir nur eingebildet.
Warte!
Etwas anderes fällt mir wieder ein: Ich hatte einmal einen Beinahe - Autounfall. Das war auf einer Urlaubsreise in Australien, vor fünf Jahren. Ich fuhr eine völlig einsame, öde Landstraße entlang, hatte gutes Tempo drauf, als vor eine Kuppe plötzlich ein Aboriginy mitten auf der Straße auftauchte. Er wuchs fast aus dem Boden. Ich machte sofort eine Vollbremsung, aber es reichte nicht mehr.

Ich fuhr durch ihn durch.

Ja, ich überfuhr ihn nicht, ich fuhr durch ihn durch. Erst auf der Hügelkuppe kam ich zum Stehen. Zehn Meter weiter lag ein Eukalyptusbaum quer über der Straße. Hätte ich erst auf der Kuppe gebremst, es hätte nicht mehr gereicht, ich wäre voll hineingefahren.

Weißt du, das war einer von den Riesen, nicht so ein kleiner Baum. Als ich diesen Schreck überwunden hatte, drehte ich mich endlich um. Ich erwartete, dort den überfahrenen Aboriginy zu sehen. Aber da war keiner. Nichts. Nur die

Blockierspur meiner Reifen. Ich suchte am Straßenrand, rief. Vergeblich."

Mir läuft die Gänsehaut runter, wenn ich heute wieder daran denke.

„Ich erzählte es nicht weiter, weil mir doch keiner glauben würde und erklärte es mir selbst mit einer Art Luftspiegelung. Später vergaß ich es. Bis heute!

Das erinnert mich an ein Ereignis auf der kleinen Farm bei Cotsworth, wo ich öfter bei Onkel Samuel und Tante Jezebel die Ferien verbrachte. Ich war damals sechs Jahre alt. Collie, der Hund meines Onkels, war abends nicht zurückgekehrt. Man suchte ihn nachts mit Taschenlampen, da sie ihn in einer Wildererfalle vermuteten. Aber sie fanden ihn nicht.

Als ich am nächsten Morgen beim Frühstück davon hörte, stand ich einfach auf und ging in den Garten. Meine Tante folgte mir mit großen Augen. Und vor dem Tor zum Gemüsegarten saß Collie, mit einer aufgerissenen Pfote und einer Fleischwunde auf dem Rücken. Er war notdürftig verbunden.

Mit meinem Schal.

Jedenfalls sah er so aus wie mein Schal. Tantchen konnte das nicht verstehen, sie waren des Nachts mehrfach an dem Tor vorbeigegangen, ohne Collie zu sehen oder zu hören. Und ich schwor, dass ich nichts damit zu tun hatte, auch nicht wusste, wie mein Schal dahin gekommen war. Und dass ich ihn eben auch nicht winseln gehört hatte. Ich wusste eben einfach, dass er da war! Er war ja schließlich mein Freund!"

Ich schwenke den Rest Tee in meiner Tasse und schaue gedankenverloren aus dem Fenster. Der Kamin knistert behaglich.

„Phantastisch, mir fallen wirklich tausend Sachen ein, zum Beispiel die U-Bahn in Heathrow, die nicht losfuhr, als ich in ziemlich finsterer Laune einstieg und die sich sofort in Bewegung setzte, als ich noch schlechter gelaunt wieder ausstieg.

Und meine Kindheitsträume. Peggy! Sie sind alle wieder da! Ich hatte immer geträumt, ein Ritter zu sein, im Kampf gegen die Heiden im Heiligen Land. Ich höre noch das Klirren der Pferdegeschirre und Waffen, rieche noch die Luft, die nach Schweiß und Abenteuer roch.

Oh, es ist so viel, ich kann gar nicht so schnell davon erzählen, wie alles auf mich einstürmt. Mein Gott, wieviel hatte ich vergessen!" Ich muss tief Luft holen. Peggy schaut mich fragend an.

„Was ist, Peggy? Habe ich etwas Falsches gesagt?"

„Nein, es ist nichts. Wir sollten jetzt erst einmal Pause machen. Du musst all deine Eindrücke verarbeiten und es ist gleich fünf. Tante Ellen ist auf dem Weg hierhin. Ich werde ihr helfen, das Abendessen vorzubereiten. Komm doch bitte um sieben runter. Nach dem Essen gehen wir dann zu Reverend Wilson. Er erwartet uns gegen acht."

Ich helfe Peggy noch, das Teegeschirr in die Küche zu räumen, dann mache ich mich auf den Weg in mein Zimmer. Ausruhen, was denkt sie denn? Ich bin in Höchstform, ich werde weitermachen.

Der Schlüssel dreht sich im Schloss, Mrs. Pierson kommt zurück. Ich bleibe auf der Treppe stehen.

„So ein Sauwetter." ruft sie und schüttelt den Schnee vom Mantel. „Entschuldigung. Ich bin extra etwas früher losgegangen, weil der Himmel so dunkelgrau aussah. Na ja, es hat mich doch erwischt.
Adam, wie war die Pizza?"

Ohne meine Antwort abzuwarten, ruft sie in den Flur hinein: „Ellen, mein Kind, würdest du mir bitte helfen, das Essen zuzubereiten?
Junger Mann, Sie sind selbstverständlich eingeladen, mit uns zu essen. Dann bekommen Sie auch mal wieder was Anständiges in den Bauch. Nicht immer diese, diese ... Pizza."

Ich halte es für besser, nicht zu erwähnen, dass Peggy mich schon eingeladen hatte und nicke. „Danke, ich komme gerne."

„Also, bis dann. Komm, Peggy, wir fangen langsam an." Mrs. Pierson hängt den Mantel an die Garderobe und schlüpft aus den Moonboots in die Hausschuhe. Rosafarbene Schlappen mit kleinen Bommeln oben drauf. Igitt, wie kitschig!

Ich sprinte die Treppe hoch in mein Zimmer. Mein Kopf ist voll von Gedanken, Erinnerungen. Ich werde die Zeit nutzen, sie zu vertiefen und zu sammeln.

In meinem Zimmer ist es lausig kalt. Ich hatte vergessen, das Fenster zu schließen. Es steht weit offen, Schnee ist auf die Kommode und den Teppich geweht. Ich schließe es schnell und mache es mir in einiger Entfernung von dem nassen Fleck im Lotussitz bequem.

Ganz ruhig werden.
Entspannen.
Reisen.

Wohin?
Am besten, zurück in die Wüste.
Wärme. Hitze.
Die Kälte hier vergessen.

Wärme.

*

Hitze.

Gegen Abend soll die Karawane Petra erreicht haben. Dann können wir endlich wieder rasten. Wir müssen vor dem dunkel werden ankommen, sonst werden wir den Zugang zu dieser verträumten Stadt nicht finden. Ihre Blütezeit ist schon längst vorbei, schon ein paar hundert Jahre, seit die Römer gekommen waren. Von ihrem früheren Glanz ist nicht mehr viel geblieben, die meisten Menschen sind fortgezogen. Aber mich zieht diese Stadt magisch an. Ich werde dort eine neue Aufgabe suchen.

In Mekka hält mich nichts mehr, seitdem es dort zu offenen Streitigkeiten über die von Muhammad verkündeten Lehren gekommen ist. Die Stadt gleicht einer überreifen Melone, die bei der kleinsten falschen Berührung zu zerplatzen droht. Die Waffen klirren bereits in den Straßen.

Das Ende der vielfältigen Naturreligionen steht offenbar bevor, ihnen wurde schon der Kampf angesagt. Als nächstes wird dann wohl das Christentum dran sein. Lanara, meine Freundin aus Jerusalem und Christin, sagt, sie könne sich nicht vorstellen, dass jemals ein Christ sein Schwert gegen Andersgläubige erheben werde. Schließlich habe Jesus doch die Gewaltlosigkeit vorgelebt.

Aber eine Stimme in mir sagt, dass sie sich irrt. Dass es noch lange Zeiten dauern wird, ehe

Friede, wahrer Friede, in dieses herrliche Land einziehen wird.

Schon wieder hänge ich meinen Gedanken nach. Ich sollte lieber meine Kraft und meine Gedanken darauf richten, dass wir Petra rechtzeitig erreichen. Nur gute Gedanken bringen auch Erfolge, das weiß ich inzwischen. Schlechte Gedanken führen zu schlechten Taten und dann ins Unglück.

Ob der Kaufmann und der Karawanenführer, deren Überreste wir gefunden haben, wohl schlechte Taten begangen hatten, dass sie so enden mussten? Nie werde ich diesen Anblick vergessen, der sich uns heute früh bot, nachdem sich der Sandsturm gelegt hatte, der seit gestern Mittag getobt und unser Vorwärtskommen so behindert hatte.

Akbal N'Achdrat hatte gestern um die Mittagsstunde befohlen, dass die Karawane halten müsse, da der Sandsturm immer stärker wurde. Der Wind blies uns den feinen, heißen Sand nicht nur in Mund, Nase, Augen und Ohren, nein, ich hatte das Gefühl, jede Pore meiner Haut werde von einem Sandkorn verstopft, so dass ich innerlich ersticken müsse.

Es ging alles ungeheuer schnell, eine weniger erfahrene Karawane wäre sicherlich umgekommen. Als Akbal das Zeichen gegeben hatte, wurde die Tiere im Kreis zusammengeführt, die Kamele mit den Wasser- und Lebensmittelvorräten innen, die Packtiere außen. In Windeseile waren sie gebunden, um ein Weglaufen zu verhindern, waren die kleinen, flachen Zelte aufgestellt. Nur wenige Minuten waren vergangen, da krochen wir schon in die Zelte.

Einige weitere Minuten vergingen, während der Sturm draußen weiter tobte.

Dann setzte plötzlich Stille ein. Eine lähmende Stille.
Nichts, aber auch gar nichts war zu hören. Ich dachte, es sei schon alles vorbei und kroch zum Zelteingang, um hinauszusehen. Selma, die das Zelt mit mir teilte, rief mich zurück. Doch meine Neugier war zu groß. Ich spähte hinaus in die Stille.

Der graue Schleier aus Sand, der uns in der letzten Stunde die Sicht so erschwert hatte, war gehoben. Die Luft war klar, das Stück Himmel, das ich durch den Zeltschlitz sehen konnte, war hellblau.

Aber da! Was war das? In einer Entfernung, die ich nicht einschätzen konnte, reckte sich ein sandfarbener Finger vom Himmel zur Erde.

„Windhose!" rief Selma voller Furcht und warf ihren Kopf auf den Zeltboden, umfasste ihn mit den Armen und buckelte wie eine Katze.

Ich starrte sie an. Was sollte das?

Dann brach der Sandsturm über uns ein. Ich hatte nicht gedacht, dass das, was wir bisher erlebt hatten, noch schlimmer werden könne. Aber das, was dann kam, war so, wie ich mir den Untergang der Welt vorstelle.

Es wurde nachtschwarz und ein ohrenbetäubender Lärm setzte ein, der einem die Trommelfelle zu zerplatzen drohte. Die Hitze im Zelt stieg innerhalb von Sekunden auf unerträgliche Temperaturen, mein Körper verströmte Schweiß wie der eines Fieberkranken. Die Luft wurde dick wie gegorene Ziegenmilch. Ich konnte kaum noch atmen.
Mein Körper reagierte. Adrenalin schoss hervor. Meine Zunge schmeckte bitter. Ein ungeheurer Bewegungsdrang erfüllte mich. Ich wollte schreien, strampeln, wegrennen.

Aber die bleierne, absolute Schwärze, die Hitze und das Tosen wie von tausend Posaunen lähmten meine Körperfunktionen. Das Adrenalin blieb wirkungslos. Mein Körper griff zur Notmaßnahme, ich fiel in Ohnmacht.

Viele Stunden später, es dämmerte bereits der nächste Morgen, wurde ich wieder wach. Ich weiß nicht, wie lange der Sturm angedauert hatte, ich war von der Ohnmacht in einen tiefen Schlaf gefallen. Ich hatte geträumt, von Wasser. Einer Hafenstadt. Aber es war nicht Alexandria, die Stadt meiner Kindheit. Es war der Hafen einer Insel. Griechenland?

Der Traum lief noch einmal vor meinem inneren Auge ab:

Ich sah viele Schlangen auf der Insel, die in heller Aufregung durch das vertrocknete Buschwerk krochen.
Die Erde bebte.
Menschen schrien. Die Schiffe im Hafenbecken wippten mit aufgeblähten Segeln hin und her. Ein heißer, trockener Wind blies.
Ein ohrenbetäubendes Donnern und Krachen ertönte, riesige Metallteile einer gigantischen Statue stürzten in das Hafenbecken.
Die Wellen schlugen hoch, warfen die kleinen Segelboote aus dem gemauerten Hafenbecken hinaus auf die Straße.
Die Stände und Eselskarren der Händler schwankten, stürzten um.
Melonen rollten über das Steinpflaster, zerplatzten an den Hausmauern.
Und urplötzlich war wieder alles ruhig.
Eine Minute, zwei Minuten.
Die Natur hielt den Atem an.
Ein leises Grollen drang aus dem Inneren der Erde. Wie das Magenknurren eines Riesen auf dessen Bauch Insekten eine Stadt gebaut haben.
Dann kam wieder Leben in die wie gelähmt Herumstehenden. Wer es geschafft hatte, sich zu verkriechen, kam aus seinem Versteck heraus.
Das Wimmern der Verletzten erhob sich.
Die Inselbewohner setzten sich in Bewegung, eilten den Eingeklemmten und Verschütteten zur Hilfe.

Die Sonne stand klar und gelb am hellblauen Himmel, als wäre nichts geschehen.

Ich öffnete den Zeltschlitz. Selma hinter mir regte sich, sie erwachte.

Entsetzt schrie ich auf. Direkt vor dem Zelteingang schauten fünf gigantische Zehen eines riesigen Fußes aus dem Sand.

Zunächst dachte ich an die Füße eines toten, vom Sand verdeckten Riesen. Dann sah ich, dass die Zehen aus Metall waren.

Unvermittelt musste ich erneut aufschreien. Wie aus dem Sand gewachsen stand plötzlich Nachrud, einer der Karawanenwächter, neben mir, das Schwert in der Hand. Mein Schrei hatte ihn wohl geweckt, angespannt, wachsam, und doch noch schlaftrunken schaute er sich um.

Eine geisterhafte Szene lag vor unseren Augen. Still, wie Fragmente einer gigantischen Theaterkulisse ragten Metallteile, Menschenskelette und mumifizierte Kamele aus dem Wüstensand hervor. Der Sturm heute Nacht hatte die Überreste einer gigantischen Karawane freigelegt, die vor wer weiß wie langer Zeit vom Wüstensand verdeckt worden waren. Es waren vielleicht eintausend Kamele und mehrere hundert Männer, die hier ihr Wüstengrab gefunden hatten.

Noch merkwürdiger als die große Anzahl der Tiere war ihre Ladung: Metallteile, gerade und gebogen, die alle einen leichten Anflug von Rost zeigten, trotz der trockenen Wüstenklimas.

Dieses stumme, offen vor uns liegende Massengrab war furchteinflößend. Wir hatten gestern unser Lager inmitten dieses Wüstenfriedhofes aufgeschlagen, ohne eine Spur davon zu bemerken.

Inzwischen war die gesamte Karawane erwacht. Angst und Unruhe breiteten sich aus. Akbal befahl den sofortigen Aufbruch. Wir hatten ohnehin schon viel Zeit verloren, und diese Umgebung schien auch ihm, dem Hartgesottenen, nicht geheuer.

Stumm wie die Toten um uns herum packten wir unsere Sachen zusammen. Keiner machte auch nur den Versuch, die Überreste der verwehten Karawane nach Brauchbarem oder Wertvollem zu untersuchen. Eilig zogen wir weiter.

Mein letzter Blick fiel auf ein halb verwestes, halb mumifiziertes Kamel, dessen Ladung aus zwei metallenen Fingern bestand, die jeweils rechts und links festgezurrt waren. Die Lederriemen, die die Ladung hielten, waren noch erhalten. Auch die Zügel, die ein halb vom Sand bedeckter Araber noch immer in der rechten Hand hielt. Die linke hielt einen prachtvollen Dolch umklammert und deutete nach oben, zum Himmel.

Niemand sah zurück zu den Resten des Kolosses von Rhodos, als wir unseren Weg fortsetzten.

Als die Mittagszeit bereits vorüber war, schaute ich in die Richtung, aus der wir gekommen waren. Ich glaubte, dort wieder eine Windhose zu sehen. Vielleicht legt der Finger Allahs das Leichentuch der Wüste, das er für unsere Augen einmal kurz gelüftet hatte, wieder über dieses wundersame Grab.

Selma stößt mich an, deutet mit dem Finger nach vorn.

„Petra!", ruft sie.
Im Schein der untergehenden Sonne sehe ich das Gebirgsmassiv inmitten der endlosen Wüste aufragen. Noch vielleicht zwei Stunden, dann werden wir dort sein.

*

Ich blicke auf die Uhr. Noch eine Stunde Zeit bis zum Abendessen. Zeit genug, um noch einmal zurückzukehren. Was wird aus Kalana, was wurde aus mir?

*

Ich gehe die sorgfältig behauenen Stufen der *Prozessionsstraße* entlang, zum Gipfel hinauf. Er liegt mehr als einhundert Meter über der eigentlichen Stadt, ein Refugium für die, die suchen. Ich betrete den geheiligten Bezirk durch *ein Tor aus zwei Steinsäulen, mehr als dreimal so groß wie ich. Die Säulen sind nicht hier aufgestellt worden, vielmehr hatte man die Felsen um sie herum entfernt und auch einen Teil des Berggipfels dahinter abgetragen, um eine große Fläche für die rituellen Handlungen zu schaffen. Keiner der heutigen Einwohner weiß mehr von der eigentlichen Bestimmung dieses offenen „Tempels" oder des steinernen Altares. Einige sprechen von Menschenopfern, aber das ist Unsinn. Dies ist ein heiliger Ort, der niemals entweiht wurde.*

Und für mich hat er eine besondere Bedeutung, seit ich vor einigen Wochen genau dort vom großen Geist berührt worden bin. Ich hatte mich in den Schatten des alten Altares, auf dem ständig frische Blumen liegen, zurückgezogen, um allein zu sein, meinen Geist zu öffnen.

Es war eine Berührung, als sei ich eine große, dünnwandige Glocke, die von einem Metallstab zum Klingen gebracht wird, der langsam, dann immer schneller, an ihrer Innenseite entlang streicht.
Mir öffneten sich Welten, Wahrheiten, Sinne, der Sinn.

„Warum ich?" fragte ich, voller Tränen aus Glück und Freude. Und ich erhielt eine mich überwältigende Antwort. Dies Leben hier ist ein Teil meiner Aufgabe in der Kraft des Lebens, und es wird sehr bald vorbei sein.

Aber ich werde wiederkommen, so wie ich vor fast dreiunddreißig Jahren wiedergekommen war, und davor, und davor.

Wie ein Regentropfen, der zur Erde fällt, dort seine Aufgabe erfüllt, eine Blume tränkt, einen Fluss nährt und dann, von der Kraft der Sonne gewärmt, wieder aufsteigt in den Himmel, um sich mit den anderen Tropfen zu vereinigen und auszutauschen, stark zu werden und, wenn die Zeit gekommen ist, wieder herabzuregnen.

Ich werde meine früheren Weggefährten wiedertreffen, Irindia, meine heilkundige Freundin aus Alexandria, Muhammad, den tapferen Streiter, Ibran, meinen Freund aus Kindertagen, der leider viel zu früh im Alter von sechs Jahren starb.

Und irgendwann einmal werden wir alle, wir alle aus früherer Zeit, wieder zur gleichen Zeit hier vereint sein, und dann werden wir unsere Aufgabe erfüllen, auf die wir so lange so vorsichtig vorbereitet werden.

*

Mein Gott, ich bin schon wieder gestorben!
Aber es war schön. Angenehm.
Ein Gefühl wie warmer, süßer Honig unter der Zunge. Gemischt mit Adrenalin.
Nicht so erschreckend wie damals, als mich die Kühe zertrampelten. Da war ich nicht vorbereitet. Das war nicht gewollt.

Es klopft. Peggy.

„Adam! Das Essen ist fertig. Komm bitte jetzt schon herunter, damit wir rechtzeitig bei Reverend Wilson sein können."

„Ja, ich komme!" Ich stolpere in meine Schuhe und folge Peggy, die schon wieder halb unten auf der Treppe steht. Sie trägt ein braun gemustertes Kleid, dicke Wollstrümpfe und Sandalen.
Ungewöhnlich. Aber bezaubernd!

Wie es Evelyne wohl geht? Spontan muss ich an sie denken.

Von unten ruft eine Stimme: „Hallo, ihr zwei Täubchen! Wollt ihr jetzt wohl herunterkommen? Sonst fange ich ohne euch an."

Mrs. Pierson. Herzlich wie immer.

Ich nehme Peggys Hand und ziehe sie mit einem Ruck hinter mir her, die Treppe hinunter. Lachend stolpert sie mit mir nach unten.

Das Abendessen verläuft sehr schweigsam, jeder scheint seinen eigenen Gedanken nachzuhängen. Mein ganzer Körper kribbelt vor Aufregung: Wie wird das sein bei Reverend Wilson? Eine Art Seance? Einweihungen in uralte Geheimnisse? Meine Phantasie purzelt.

Ich bin froh, als wir endlich kurz vor acht Uhr vor dem Haus des Pfarrers stehen und Peggy den Klingelknopf drückt.

Reverend Wilson empfängt uns mit einer herzlichen, warmen Umarmung. Etwas überraschend für mich. Und ungewöhnlich. Dennoch widerstehe ich dem ersten Drang, mich zu versteifen, sondern erwidere seine Umarmung. Sekundenlang hüllt uns ein gemeinsamer Mantel aus Schweigen und Verstehen ein.

Ich habe nun das Gefühl, ich kenne den Pfarrer seit Jahren, ich kann mich sogar an einige seiner Geschichten aus seiner Schulzeit und der "wilden Jahre" in South Dakota erinnern. Vier Jahre ist er dort zu Fuß durch die Wildnis gewandert, um „die Leute kennen zu lernen" und „zu verstehen". Zwei Jahre davon hat er als Schüler eines Indianers, eines „weisen Mannes" verbracht, 'Spirit of the Eagle', vom Stamme der Lakota.

„Schauen Sie mich nicht so verwundert an, Adam. Sprache ist nun wirklich nicht die einzige Art der Kommunikation. Ein Augenaufschlag sagt oft mehr als tausend Worte, und wer bereit ist, zu verstehen, der muss nicht hören, um zu wissen. Ich freue mich ehrlich, dass Sie so gute Fortschritte machen, damit hatte ich, ehrlich gesagt, noch nicht gerechnet. Aber ich denke, Peggy ist genau die richtige Lehrerin für Sie. Zielstrebig, aber unaufdringlich. Sie war und ist eine gute Begleiterin."

„Ja!", sage ich einfach, da ich nicht genau weiß, ob dies irgendeine Anspielung sein soll oder nicht. Ich mag Peggy, aber mehr ist da nicht. Schließlich ist da noch Eve. Wieder muss ich an sie denken. Was sie wohl macht? Wie es ihr geht?

„Sie machen sich Sorgen um Ihre Freundin?" ‚greift der Pfarrer sofort meine Gedanken auf. „Wir werden sehen, wie es ihr geht." Langsam schiebt er mich und Peggy durch die Eingangstür zur Garderobe.

„Das ist vielleicht auch der beste Weg, Sie langsam und ohne viele Worte mit der Kraft der Schöpfung, die nun auch in Ihnen erwacht, vertraut zu machen. Komm, Peggy! Zieht eure Mäntel aus und geht schon einmal in meine Bibliothek. Ich hole nur noch den Tee."

Während der Pfarrer in seinen braunen Hausschuhen in Richtung Küche schlurft, folge ich Peggy in den mir schon so bekannten Raum und muss doch staunen, als wir eintreten. Fast hätte ich ihn nicht wiedererkannt. Die mir so sympathische Unordnung ist verschwunden, die Bücher stehen ordentlich in den Regalen, in der Mitte des Raumes steht ein kleiner Tisch, ähnlich dem in einem japanischen Teehaus. Rings um ihn sind einige bunte Samtkissen drapiert. In der Ecke steht der Tisch, an dem ich schon so viele Stunden verbracht habe, leergeräumt und mit einer weißen Tischdecke versehen. Ein neunarmiger Kerzenleuchter spendet ruhiges, gedämpftes Licht. Eine kleine

Schale mit Duftkräutern auf glimmenden Kohlestückchen gibt dem Raum einen süßlichen, belebenden Duft.

Der Pfarrer erscheint mit dem Tee. Wirklich, er erscheint. Sein Körper zeichnet sich schillernd im Türrahmen vor dem hellen Hintergrund der Flurbeleuchtung ab. Im Film wäre dies sicher eine eindrucksvolle Schlüsselszene gewesen: Der Außerirdische zeigt sich den ungläubigen Erdbewohnern.

Doch hier und jetzt bedeutet dies einfach nur: „Der Tee ist fertig!" Wieder nimmt mir Reverend Wilson die Worte aus dem Mund.

Wir setzen uns gemütlich um den kleinen Tisch, nippen an den Teeschälchen und wissen wohl alle nicht so recht, wie wir das Gespräch nun beginnen sollen.

Es ist Peggy, die uns aus den Gedanken zurückholt. „Nun, dann wollen wir mal anfangen. Der Reverend hat schon ganz recht, Adam. Es ist wirklich das einfachste für uns alle, wenn wir nicht viele Worte machen, sondern wenn du dich einfach öffnest und uns begleitest. Du wirst mehr lernen und erfahren, als wir dir mit Worten sagen oder du aus Büchern lesen könntest."

Sie gießt uns noch etwas Tee nach.

„Du hast ja in der letzten Zeit schon deine Erfahrungen gemacht mit deinen Traumreisen. Anfänglich warst du ja noch auf dein Unterbewusstsein angewiesen, um sie beginnen zu können, inzwischen aber kannst du schon aus eigenem Willen auf die Reise gehen. Du kannst auf eine andere Ebene überwechseln, die weder Zeit noch Raum kennt. Wir wollen heute versuchen, dir alle Möglichkeiten dieser Ebene zu öffnen, dir zu zeigen, welche Macht du hast, wenn du gelernt hast, deine Energien zu konzentrieren und zu nutzen.

Du hast in letzter Zeit viel gelesen, über das Bewusstsein, Chakren, Auren, Schamanismus, Unterbewusstsein und viele andere Dinge. Dein Bewusstsein ist geschärft, du kennst viele Aspekte der einen, reinen Wahrheit.
Wir wollen heute versuchen, dich mit dem Leben, mit der Kraft, die alles um uns erschaffen hat, vertraut zu machen. Erst wenn du dein Bewusst-sein hinter dir gelassen hast, wirst du wieder mit der Kraft vereint sein, aus der du gekommen bist."

„Du meinst, ich bin dann tot, oder?"

„Nein, Adam. Du musst deinen Körper nicht für immer verlassen, um mit der ursprünglichen Kraft Verbindung aufzunehmen. Es ist vielmehr wichtig, dass du einen Körper hast, um zurückzukehren. Die ursprüngliche Kraft, das höchste Wesen, oder wie auch immer du es nennen willst..."

„Ich nenne es Gott", unterbricht der Pfarrer mit einem Lächeln.

„Gut, nennen wir es Gott. Gott also ist zwar allmächtig, aber er ist körperlos. Deshalb sind wir wichtig, sind wir der Teil von ihm, der sich entschieden hat, zu einer bestimmten Zeit an einem bestimmten Ort zu erscheinen und eine Aufgabe zu erfüllen. Auch wenn wir uns ihrer nicht erinnern, oder erst sehr spät.

Niemand lebt umsonst. Und der Tod, den du eben angesprochen hast, ist nur die Rückkehr zum Ursprung, die Vereinigung mit... mit Gott." Sie nickt zum Pfarrer hinüber und erntet ein Lächeln.

„Nein, sage noch nichts. Ich weiß, ich bin wieder viel zu philosophisch geworden. Aber es fällt mir schwer, Gefühle zu erklären. Wie es das Wort eigentlich schon sagt: ‚Fühlen'. Man kann es fühlen oder nicht, doch man kann es mit Worten, wenn überhaupt, nur annähernd beschreiben.

Also, fühle heute Abend einmal selbst. Lasse dich führen. Entspanne dich, wie du es bei deinen Atemübungen gelernt hast. Mache dich frei.

Setze dich bequem hin und überlasse erst einmal alles Weitere uns. Vertraue uns."

Peggy und der Pfarrer räumen den Tisch ab und richten eine Ecke des Raumes gemütlich her. Als alles fertig ist, macht der Reverend eine einladende Handbewegung.

Ich setze mich im Lotusblütensitz auf eines der Samtkissen und entspanne mich.
Öffne mich.
Ich bin bereit.

Der Raum um mich herum verschwindet langsam, es ist, als schlafe ich ein. Nicht mehr bewusst, doch auch noch nicht im Schlaf, erreiche ich einen wunderbaren, ausgeglichenen Zustand. Glück umspült mich.

Ich sehe einen großen schwarzen Topf auf einem lodernden Feuer. Ich schaue über den Rand. Eine klare, hell leuchtende Suppe, in der sich einzelne Gemüsestückchen schnell im Kreis drehen.

Irgendwo, ganz weit weg, glaube ich Peggy kichern zu hören.

Die Suppe dreht sich immer schneller im Topf, wie von unsichtbarer Geisterhand gerührt. In der Mitte öffnet sich ein Strudel. Immer tiefer greift er nach unten, erreicht den Boden des Topfes.
Tiefschwarz ist er, umgeben von dem leuchtenden Strudel, der sich immer noch schneller dreht.

Ich stürze durch den Strudel hindurch. Ich schreie, mein Kopf scheint zu zerplatzen.

Plötzlich Ruhe.
Licht.
Angenehmes Sonnenlicht an einem wunderschönen, blauen Himmel. Ich blicke über eine endlose Prärie.
Büffel grasen am Horizont. Wenige, viel zu wenige.
Früher gab es hier Millionen von Büffeln.

Über mir am Himmel kreischt ein Falke. Ich drehe mich um. Dort steht ein Zelt, gar nicht weit weg. Es leuchtet in wunderschönen hellblauen und gelben Farbtönen.

Von Westen her reiten zwei Indianer auf das Zelt zu.
Nein, es sind ein Indianer und ein Weißer. Nein, eine weiße Frau.

Der Indianer trägt eine Lederhose mit Fransen, einen prachtvollen, bunten Umhang und einen Federschmuck aus drei Adlerfedern auf dem Kopf. Es ist 'Spirit of the Eagle'!
Die Frau ist schlank, trägt ebenfalls eine hellbraune Lederhose, ohne Fransen, ein grob kariertes, blaues Hemd und einen Cowboyhut, unter dem ihre langen schwarzen Haare hervorquellen und mit dem Wind spielen. Graziös sitzt sie im Sattel, lächelt voller Selbstvertrauen, wunderschön sieht sie aus. Es ist ...

Es ist ...
Es ist Evelyne!

„Eve!", rufe ich, obwohl ich ohne Stimme bin. Ich versuche zu ihr zu laufen, obwohl ich ohne Beine bin.
Ich greife nach ihr, mit Armen, die ich nicht besitze.

Ich sehne mich nach ihr mit all meiner Kraft.

Sie dreht den Kopf, sieht mich an.

„Adam!" Ihre Anwesenheit überflutet mich, füllt jede Zelle meines Körpers, der doch gar nicht da ist. Füllt meinen Geist, der sich mit ihrem vereint.

Etwas zieht an mir, schmerzt.

„Adam! Bitte komm zu dir."

Dieses Flüstern, das ist nicht Eve. Peggy!

Benommen öffne ich die Augen. Ich bin wieder in der Pfarrbibliothek. Reverend Wilson sitzt mir mit geschlossenen Augen gegenüber. Peggy hält mir eine Schale mit dampfendem Tee an die Lippen.

„Ich freue mich, dass es geklappt hat", sagt sie. „Nur schade, dass wir dich so früh wieder zurückholen mussten, aber es wäre sonst zu viel für dich geworden. Dein Körper ist es noch nicht gewohnt, so lange allein zu sein."

Erst jetzt, als ich versuche, nach dem Teeschälchen zu greifen, verstehe ich, was sie meint. Ich fühle mich eiskalt in meiner Hülle. Jeder Muskel schmerzt, alle Glieder sind eingeschlafen und kribbeln wie wild.

„Peggy, wie lang war ich weg. Ich meine, wie lange war ich dort, also, ich meine, ... Du weißt schon."

„Ja, Adam, ich weiß, was du meinst. Es ist jetzt etwa Mitternacht. Schau bitte nicht so ungläubig. Zeit hat keine Bedeutung bei unseren Geistreisen. Sie verläuft in der realen Welt anders als in der Geistwelt.

Versuche jetzt erst einmal, dich langsam zu bewegen. Leg' dich hin, damit deine Körpersäfte wieder in Fluss geraten können.

Dein Lotussitz ist wohl nicht die geeignete Haltung für solche Ausflüge. Du solltest dich das nächste Mal ganz einfach entspannt auf den Boden legen."

Während sie mir hilft, meine kribbelnden Arme und Beine zu bewegen, kann ich meine Fragen nicht mehr zurückhalten.

„War das echt, was ich gesehen habe? War das wirklich, jetzt und heute? War ich da? Wie habe ich das gemacht? Oder habt ihr das gemacht? Kann ich das auch? Habe ich wirklich mit Eve gesprochen? Wie geht es ihr? Was um alles in der Welt macht sie dort mit einem Indianer in der Wildnis? Sie sollte eigentlich in irgendeinem Vorlesungssaal sitzen und ihrem Geologie-Studium nachgehen."

Peggy lacht. „So viele Fragen auf einmal. Wir wollen es dir gleich erklären."

Sie schaut zu dem Pfarrer, der jetzt auch langsam die Augen öffnet. Etwas desorientiert blickt er sich um. Peggy reicht auch ihm ein Schälchen mit dampfendem Tee, das er mit einem Kopfnicken dankend annimmt. Während er den Tee leise in sich hinein schlürft, streckt er langsam die Beine von sich und dreht und windet den Oberkörper, wie um jeden Muskel einmal anzusprechen. Dann stellt er den Tee ab und streckt auch die Arme von sich. Verbeugt sich in alle vier Himmelsrichtungen.

Dann steht er vorsichtig auf und verlässt den Raum. Ich schaue Peggy fragend an. Während sie noch mit der Schulter zuckt, kommt der Pfarrer bereits wieder durch die Tür zurück. Er stellt ein silbernes Tablett mit Marshmallows vor uns hin und greift selbst als erster zu.

„Ich habe danach immer einen Heißhunger auf Süßes! Greift zu, das hebt den Zuckerspiegel im Körper. Und lässt den Zahnarzt nicht arbeitslos werden."

Wer hätte sich so einen Pfarrer vorgestellt. Ich nicht!

„Greifen Sie zu, Adam. Sie scheinen dem Essen ja auch wohl verfallen zu sein. Wie sonst kämen Sie wohl auf den Gedanken, durch einen Suppentopf in die Geistesebene einzutauchen. Ich habe ja schon viel erlebt, aber so etwas!?"

Er schüttelt lachend den Kopf, Peggy kichert wieder.

„Wie Sie gesehen haben, Adam, geht es Ihrer Evelyn gut. Sie war gerade auf dem Rückweg von einer kleinen botanischen Entdeckungsreise, auf die unser Freund 'Spirit of the Eagle' sie mitgenommen hatte.
Er hat ihr eine Menge der indianischen 'Zauberkräuter' gezeigt und ihre Bedeutung und Handhabung erklärt. Und am Schluss haben sie noch ein paar Eier für ihr Abendessen gesucht. Sie wollen noch einmal etwas Leckeres essen, bevor morgen das Fasten beginnt.

Eine Gemüsebrühe! Daher vielleicht?! Adam, sie überraschen mich. In Ihnen schlummern eine Menge Fähigkeiten, die wir in der nächsten Zeit wecken müssen."

„War ich also wirklich da?", frage ich noch einmal bestimmt. „Das war diesmal völlig anders als bei meinen früheren Reisen. Das war nicht wie eine Rückblende, das war jetzt, oder?"

„Ja, Adam!", erklärt Peggy nun weiter. „Wir haben dir geholfen, deinen Geist auf die Reise zu anderen ‚Silberfäden' zu schicken, wenn wir bei dem Beispiel mit dem Füllhorn bleiben wollen, von dem ich dir erzählt habe."

„Oder von einem Gemüsebröckchen zum anderen, um in seinem Denken zu bleiben", mischt sich der Reverend lachend ein.

"Diese Reisen sind anders als die, die Du bisher unternommen hattest, da warst du bisher nur entlang deines Silberfadens, oder Gemüsebröckchens, unterwegs gewesen. Dies ist neu, aber du wirst es schnell lernen. Du hast jedenfalls gesehen, deiner Eve geht es gut und sie ist in guten Händen. Ich freue mich, dass ich so wenigstens einmal wiedersehen konnte. Aber wir werden uns in nächster Zeit wohl noch öfter begegnen."

„Aber wie kommt sie denn dahin?", fragte ich aufgekratzt. „In die Wüste?"

„Und wie kamst du hierhin, Adam? Deine Freundin hat, genauso wie du, ihren Weg gefunden. Wie und was, das wirst du vielleicht beim nächsten Mal erfahren, wenn ihr soweit seid, dass ihr euch austauschen könnt. Bis dahin braucht es aber erst noch etwas Zeit, Ruhe und Training.

Und die Idee von 'Spirit of the Eagle' ist nicht so schlecht, wir sollten mit einer kleinen Fastenzeit beginnen. Mit einem vollgestopften, satten

Körper kannst du schlecht Geistreisen unternehmen. Denk nur an die Yogis, zu welchen Höchstleistungen sie fähig sind, und das allein, weil sie gelernt haben, ihren Körper durch Entbehrungen dem großen Geist zu öffnen."

Wie verabredet schauen wir beide zu dem Pfarrer hinüber, der gerade den letzten Marshmallow in sich hineinstopft. Etwas verlegen wischt er sich mit dem Handrücken den Mund ab.

„Es wird Zeit, nach Hause zu gehen, sonst macht Tante Ellen sich noch Sorgen" , sagt Peggy gähnend hinter der vorgehaltenen Hand.

Halb schwindelig, halb beseelt von den Eindrücken dieser Nacht folge ich kurz darauf durch den eisigen Nordwind zur Pension.

Ob Eve schon schläft?

*

South-Dakota.

'Spirit of the Eagle' setzt sich zu Evelyne an das Lagerfeuer.

„Das war also dein Freund", beginnt er das Gespräch, nachdem er den ganzen Nachmittag seit dieser merkwürdigen Begebenheit geschwiegen hatte. „Du hast eine gute Wahl getroffen. er ist einer von uns. Einer, der auf dem

Weg zur Wahrheit ist. Ihr kennt euch bereits seit langem, doch ihr wisst noch nichts davon."
Er stochert mit einem Stock im Feuer. „Aber du bist eine gute Schülerin, 'Tiefes Wasser'. Du wirst es bald erfahren. Und er wird mit dir sein. Zusammen werdet ihr Großes vollbringen, mehr, als ihr bisher getan habt."

Eve lächelt verlegen. Ihre tiefen, hellblauen Augen leuchten. Der alte Indianer war so fasziniert von ihren Augen gewesen, dass er ihr den Namen 'Tiefes Wasser' gegeben hatte. Er sagte, er könne durch ihre Augen tief in ihre klare Seele sehen.

Obwohl es, seitdem der weiße Bison den Indianern erschienen ist, immer Aufgabe der Frauen war, den Männern das Essen zu bereiten, weicht 'Spirit of the Eagle' heute von dieser Gewohnheit ab.

„Du sollst heute Abend mein besonderer Gast sein. Ich werde dich verwöhnen mit Speisen und Getränken und dir die alten Geschichten erzählen. Sobald die Sonne morgen früh aufgeht, wirst du den schwierigsten Teil deines Weges beschreiten.
Nein, erschrecke nicht! Da ist nichts, wovor du dich fürchten müsstest. Ich werde dich begleiten. Auch wenn du mich nicht immer sehen kannst."

'Tiefes Wasser' nimmt dankend den Pfannkuchen mit Büffelbeerenmarmelade, den der Alte ihr reicht.

„Zucker, Salz und Mehl", sagt der Indianer „die hat erst der weiße Mann in unser Land gebracht. Als unser Volk noch groß und mächtig und die Büffel noch zahllos waren, gab es das hier noch nicht. Wir Indianer lebten in der Natur, mit der Natur, von der Natur. So, wie sie um uns herum war. Die Natur war uns heilig. Niemals nahmen wir etwas, ohne vorher darum zu bitten und ohne nachher dafür zu danken.

Der Büffel spendete uns Nahrung, Kleidung, Waffen für die Jagd, sein Magen diente als Kochtopf, lange bevor der weiße Mann uns Kochtöpfe aus Metall brachte.

Vor jeder Treibjagd baten wir die weiße Göttin des Büffels um Ihren Schutz. Nach jeder geglückten Jagd feierten wir ein großes Fest, ihr zu Ehren.

Komm, 'Tiefes Wasser', schließe deine Augen und lasse deine Seele frei. Ich nehme dich mit in die Zeit, als ich einmal ein junger Medizinmann war. In eine Zeit, lange vor unserer Zeit.

In eine Zeit, in der die Bisonherden auf Ihrer Wanderung noch ganze Täler bedeckten.

In eine Zeit, in der die Indianer noch um die Zusammenhänge wussten.

In eine Zeit, die hart war in ihren Entbehrungen, aber wunderschön in ihren Offenbarungen."

'Tiefes Wasser' schließt die Augen und entspannt sich, wie sie es in den wenigen Tagen mit dem alten Indianer gelernt hat. Sie öffnet sich, Ihre Seele löst sich, blüht auf, ist bereit, den Körper zu verlassen und auf eine neue Reise zu gehen.

Ihre Wahrnehmungen verschwimmen langsam, kaum noch nimmt sie das weiß/blaue Zelt um sich herum wahr. Ihre Nase, ihre Zunge reagieren nur noch wie in weiter Ferne auf den Geruch des Räucherpulvers, das der Indianer jetzt ins Feuer wirft. Dann lässt auch er sich auf einem Fell nieder und schließt die Augen.

Die beiden Seelen vereinigen sich, tauchen hinab in das tiefe, klare Wasser des Sees der Wahrheit, des Hüters der Zeit.

*

Grauer Rauch kräuselt sich aus dem Abzugsloch in der Zeltmitte.

Das weiße Zelt mit den blauen Ornamenten steht etwas abseits der anderen Zelte am Rande des kleinen Sees. Sein Eingang weist nach Osten, wie der aller anderen Zelte auch, im Gegensatz zu diesen ist er jedoch verschlossen.

Drinnen bereitet sich 'Brauner Bär' auf das Sommerfest vor. Heute Nacht wird er den Geist des weißen Büffels beschwören, wird er das Leittier der großen Herde rufen, damit die Jagd beginnen kann. Die Falle ist bereits aufgebaut, alle Stammesmitglieder werden mit jedem Tag unruhiger.

Die Büffel kommen spät dieses Jahr. Aber noch muss niemand Hunger leiden. Der Winter war nicht sehr kalt gewesen, der Vorrat an Trockenfleisch und Beeren hatte gereicht. Das Frühjahr war zeitig gekommen, mit ihm die Suche nach Wurzeln und die Jagd auf die kleinen Nagetiere.

Die Luft im Zelt riecht schwer und würzig nach den Kräutern, die 'Brauner Bär' während der Beschwörung in die lodernden Flammen wirft. Es ist unerträglich warm im Zel. Dieser Teil der Vorbereitungen ist nicht für die anderen Indianer zugänglich, er ist tabu.

Einige Stunden später, als die Sonne untergeht und der Mond am Horizont erscheint, ein perfekt aufeinander abgestimmtes Schauspiel, verlässt 'Brauner Bär' schweißnass das Zelt. Mit großen Sprüngen und wilden Drehungen in der Luft nähert er sich dem Zeltlager, in dem die Krieger bereits mit dem Büffeltanz und den rituellen Gesängen begonnen haben.

Wie irre springt er auf den Kreis der bunt bemalten Krieger zu, die um ein Feuer aus frisch geschlagenem Kiefernholz tanzen. Graugelber Rauch schwelt in der Mitte des Zeltlagers, beißt in Augen und Lunge.

Mit drei Sprüngen ist 'Brauner Bär' im Kreis der Tänzer. Er hält den Kopf mit den Büffelhörnern gesenkt, schabt mit dem linken Fuß, wie zum Angriff.

Ein vielkehliges „Aaah" ertönt, schon ist ‚Brauner Bär' aus dem Stand mit einem gewaltigen Satz über das Feuer gesprungen. Die Kinder, die während der Zeremonie nicht anwesend sein dürfen, lugen heimlich durch die kleinen Schlitze zwischen Türöffnung und Zelt. Ihre Münder stehen vor Staunen weit offen.

‚Brauner Bär' ist ihnen unheimlich. Mit einer Geschwindigkeit, die ihm sonst nicht zu eigen ist, springt er zwischen den Kriegern und dem Feuer hin und her. Erscheint mal hier, mal dort. Droht mit gesenktem Kopf, rennt, wälzt sich im Sand.

Es ist seine Nacht. ‚Brauner Bär' hatte sich im Zelt auf seine Reise vorbereitet, hatte wie jedes Jahr den Leitbüffel getroffen und sich mit ihm vereinigt. Wie jedes Jahr war es schmerzvoll gewesen, den massigen Leib dieses Tieres als seinen eigenen zu spüren, sich mit der Seele des Büffels zu vereinigen. Jedes Mal fürchtete 'brauner Bär', sich irgendwann einmal nicht mehr von dem Büffel trennen zu können und auf immer dort bleiben zu müssen. Aus diesem Grund beachtete er den Ablauf der Rituale genau, damit er immer den Rückweg antreten konnte, wenn es Zeit dazu war.

Wenn das erste Schaudern vorüber war, war es jedes Mal wieder faszinierend, die Seele des Büffels zu spüren, sich mit dem Geist der Herde zu vereinigen. Es war ein völlig anderes Sein als das Mensch-Sein. Allein schon die bewusste Gegenwart der Herde, Hunderttausende von Tieren, die alle im gleichen Rhythmus lebten, erfüllte ‚Brauner Bär' mit einem Gefühl unbändiger, ewiger Kraft.

Die Büffelherde hatte über das Jahr mit den Bäumen gesprochen, mit dem Wind gesungen. Sie wusste, dass die Menschen auf sie wartete. Sie wusste um die Vergangenheit und um die Zukunft. Der Geist der großen Herde war dem ‚Großen Geist' viel näher, als es die Seele eines Menschen je sein konnte.

‚Brauner Bär' spürte Glück, Zufriedenheit, Kraft und Stärke. Er rannte mit dem Leitbüffel durch das Tal. Nein, nicht mit dem Büffel, er war der Büffel. Er war die Herde.

Und jetzt war das Leittier ‚Brauner Büffel', der mit den Indianern tanzte, sang und mit einer unmenschlichen Kraft die unmöglichsten Sprünge vorführte.

'Brauner Bär' würde noch einige Tage eins sein mit dem Büffel, bis zu dem Moment, wo sie sich trennen müssten. An diesem Abend aber tanzt Bison/Bär mit aller Kraft, die der Geist seinem Körper zur Verfügung stellt. Nur undeutlich nimmt er die Anwesenheit seiner Stammesbrüder wahr.

Dann, auf dem ekstatischen Höhepunkt des Festes, erfolgt die rituelle Tötung des Büffels. Er liegt in der Mitte des Kreises der Krieger, die in rhythmischen Bewegungen mit einer Lanze zum Schein auf ihn einstechen. Der Büffel wälzt sich am Boden, bäumt sich auf und bleibt dann wie tot liegen.

Die Überbeanspruchung des Körpers und die Fastentage vor dem Fest fordern ihren Preis. ‚Brauner Bär' fällt in Ohnmacht, fast schon eine Art Koma. Zwei alte Medizinmänner tragen ihn aus dem Kreis heraus und bringen ihn in sein Zelt.

Der Rest des Festes wird ohne ihn gefeiert. Sein Körper braucht Ruhe und Kraft für die nächsten Tage.

Zwei Nächte später wird das Lager durch einen Läufer geweckt, der atemlos von seinem Beobachtungsposten am Berg der aufgehenden Sonne herangerannt kommt.
Büffel! Er hat sie entdeckt. Ein dumpfes Dröhnen hatte die Luft erfüllt, die Grashalme hatten leise gezittert, die Nachtvögel waren verstummt.

Nun steht auch ‚Brauner Bär' im Zelteingang, hört sich die Schilderung von 'Schneller Fuß' an. Beim Morgengrauen, wird die Herde an der erwarteten Stelle sein. Heute Nachmittag wird der Stamm zu seinen Verstecken in der Nähe der Büffelschlucht ziehen und sich auf das morgige Ereignis vorbereiten. Routiniert und in aller Ruhe packen die Frauen die Sachen zusammen, die sie brauchen werden, überprüfen die Männer ihre Waffen.

Kurz nach Mittag zieht der Stamm los. Ein eindrucksvolles Schauspiel. Etwa 350 Indianer in Lendenschurzen, mit bunt bemalten Oberkörpern ziehen den Berg hinauf. Eine kleine Staubwolke, die von den Holzschlitten aufgewirbelt wird, verrät ihren Weg. Auf der anderen Seite des 'Berges der Abendröte' zieht eine riesige Herde Büffel auf sie zu. Gewaltig und unaufhaltsam. Die kleine Gruppe der Menschen wirkt den Büffeln gegenüber winzig. Der Kampf einer Ameise gegen den Bären. Ungleich und doch gerecht. Ein ständiger Kreislauf der Natur.

Die Alten und die Kinder werden den steilen Pass hinauf gebracht in die Höhle des Bären. Von hier aus können sie alles beobachten, ohne in Gefahr zu geraten, von den Büffeln zertreten zu werden. Die Krieger verstecken sich in den kleinen Höhlen oberhalb der Schlucht der Büffel, die Frauen in der großen Höhle am Fuße des Berges, am Eingang der Schlucht.
Ein paar Krieger überprüfen noch einmal die V-förmig aufgestellte Steinformation, damit es am nächsten Tag zu keiner Katastrophe kommt. Wenn eine der Barrieren nicht halten würde, hätten die Büffel die Möglichkeit zur Umkehr. Dadurch würden die Indianer, die die Herde auf die Schlucht zutreiben, unweigerlich überrannt werden. Dann würde es ein Jahr des Hungers und der Trauer werden.

‚Brauner Bär' legt sich in sein Versteck auf dem Plateau, eine Erdkuhle von etwa 50 Zentimetern Tiefe und deckt sich mit Holz, Gras und magischen Kräutern zu, damit die Büffel ihn am nächsten Morgen nicht zertreten.

In dieser Nacht schläft er sehr schlecht, die Nähe des Leitbüffels beunruhigt ihn. Und auch der Leitbüffel verspürt eine unerklärliche Unruhe.

Früh am Morgen bricht die Herde auf. Der Leitbulle kann die Spannung nicht mehr ertragen. Die Herde zieht nach Westen, das Tal füllt sich mit aufgewirbeltem Staub. Während ein großer Teil der Herde durch die Ebene weiter zieht, drängt ein Teil zum Plateau hin. Tausende von massigen Tieren sind es, braun, stark, schmutzig.

Ist es der Felsen auf der Bergspitze, der die Form eines Büffels hat, der sie anzieht? Oder ist es das blaugrüne Gras, das hier besonders üppig wächst? Oder sind es die Beschwörungsworte, die ‚Brauner Bär' leise in seinem Versteck murmelt?

Unruhig grasen die Tiere auf dem Plateau, ziehen hierhin und dorthin, während sich unten die Masse der Herde vorbeiwälzt.

Der Leitbulle bleibt stehen, schaut hinauf, als suche er etwas oder jemanden. Dann senkt er seinen Kopf und zieht weiter. Dieses merkwürdige Gefühl der Unruhe hat ihn auf einmal verlassen.

In diesem Moment springt ‚Brauner Bär' aus seinem Versteck auf. Ohne, dass er aus seinem Versteck sehen konnte, was sich auf dem Plateau abspielte, fühlte er, dass der richtige Moment gekommen war. Ein stechender Schmerz durchzuckt ihn, er schreit laut. Die Tiere in der

Nähe seines Versteckes rennen erschreckt zur Seite. Was will dieser nackte rothäutige Winzling?

Jetzt kommt es darauf an. ‚Brauner Bär' schlägt die magischen Feuersteine aneinander. Ein Funken springt in das trockene Gras in seiner Mulde.

Es lodert hell auf.
Gelber Qualm füllt die Luft.

Schnell wirft 'Brauner Bär' das gemahlene Trockenfleischpulver aus seinen Lederbeutel in die Flammen. Das beigemischte Magnesium knistert, es riecht nach verbranntem Fleisch.

Die Schrecksekunde ist vorüber. Die Tiere rennen auseinander, von Panik gepackt. Sie versuchen, vor dem wild herumschreienden roten Mann und dem Feuer zu fliehen. Ein Teil der Büffel rennt das Plateau hinunter, zurück zur Herde, der andere Teil rennt das Plateau hinauf. Es entsteht eine Gasse zwischen diesen gewaltigen Fleischbergen, in die jetzt die anderen Krieger preschen und wild schreiend und gestikulierend die Büffel in den V-förmig zulaufenden Kessel treiben.

Alles verläuft wie geplant. In wilder Panik rennen die Tiere auf den Rand des Plateaus zu. Sie haben in der immer enger werdenden Gasse keine Möglichkeit mehr, sich umzuwenden, als sie die steil abfallende Schlucht bemerken. Sie fühlen das Entsetzen der Tiere hinter sich und rennen weiter, kopflos in den sicheren Tod. Einige hundert sind es, die den Abhang hinabstürzen, wo in sicherer Entfernung schon die Frauen warten. Sie beginnen mit dem Zerlegen der Beute, sobald die letzten Büffel das Plateau verlassen haben.

Fünf Meilen entfernt schaut der Leitbulle noch einmal zurück, wie, um sich an irgendetwas zu erinnern, was er vergessen hat. Dann führt er seine Herde weiter. Nach Westen.

Während die Morgensonne langsam über den Gebirgskamm steigt und den langgezogenen Schatten eines Büffels auf das Plateau zeichnet, klettert ‚Brauner Bär' den steilen Pfad hinunter in das Tal der toten Büffel. Nur einige wenige Tiere haben den Sturz überlebt, ihre Körper zucken, sie schreien kläglich. Sie haben nicht lange zu leiden. Mit geübten Schnitten schneiden die Indianerinnen ihnen die Kehlen durch, fangen das Blut in den bereitgehaltenen Beuteln und Säcken auf. Der Blinddarm eines Tieres, mit Blut gefüllt und langsam in Feuernähe gegart, wird eine wohlschmeckende Blutwurst werden.

‚Flüsterndes Laub', die Stammesälteste, bringt ‚Brauner Bär' das noch zuckende Herz eines kapitalen Büffelbullen. Der Medizinmann nimmt es dankend entgegen, schneidet es ein und spritzt einige Tropfen Blut in jede Himmelsrichtung. Der Dank an die weiße Göttin der Büffel. Dann nimmt er selbst einen herzhaften Bissen, bevor er das Herz an ‚Flüsterndes Laub' zurückgibt, die es mit den anderen alten Frauen teilt.

Es ist ein merkwürdiges, blutiges Schauspiel, das da unten im Tal stattfindet. Für die Beteiligten jedoch ist es die natürlichste Sache der Welt. Die Büffel werden komplett zerlegt, alles findet irgendeine Verwendung. Herz, Leber und Nieren werden roh gegessen. Die besten Stücke, Rücken, Flanken und Hinterviertel werden in Streifen geschnitten und in die Trockenzelte gebracht. Die Zunge wird gekocht, sie ist eine besondere Delikatesse bei dem anschließend stattfindenden Fest. Die Hoden, auf einem Stock über dem Feuer geröstet, sind ein Privileg für die Männer. Sogar Darm und Magen werden gekocht und gegessen. Die Natur gibt, die Natur nimmt.

*

„Glückliche Zeiten waren es damals", holt ‚Spirit of the Eagle' Eve langsam in die heutige Zeit zurück. „Da gab es keinen Neid, keine Profitgier, keine Eifersucht. Keiner hatte mehr persönlichen Besitz, als er gebrauchen konnte, der Stamm war die Familie des Indianers."

„Wunderbar!", flüstert ‚Tiefes Wasser', als Sie langsam wieder in das Bewusst-Sein kommt. „Einfach wunderbar! Ich habe noch nie im Leben so etwas Schönes gesehen. Diese Harmonie, dieser Friede. Trotz der blutigen Szene mit den Büffeln. Wir haben uns heutzutage daran gewöhnt, dass das Blut nur so von der Leinwand oder vom Bildschirm spritzt, aber solche Szenen würden trotzdem bei vielen Menschen Ekel erregen!

Und wie natürlich, wie normal war das doch alles. Mein Gott, wie hat sich die Welt gewandelt! Ist unser Fortschritt nicht vielleicht doch ein Rückschritt?"

„Du hast Recht, ‚Tiefes Wasser', und du hast Unrecht. Die Welt hat sich nicht gewandelt, das Bewusstsein der Menschen für ihre Welt hat sich gewandelt, ist geschwunden. Mit dem Fortschritt, der das Leben bequemer macht, kommen immer mehr Reize auf uns zu, die eine erhöhte Aufmerksamkeit des Bewusstseins erfordern. So verliert das Bewusstsein langsam den Kontakt zum Unterbewusstsein, und damit zum Sein überhaupt.

Stelle dir nur einmal vor, du willst dir etwas zu Essen besorgen. Denke dir dafür zunächst eine Stadt wie New York. Du ziehst dich an, chemisch imprägnierte Unterwäsche, Polyesterbluse, Blue Jeans. Du fährst mit dem Fahrstuhl nach unten, überquerst Ampeln, Straßen, achtest auf andere Passanten, Autos, und Reklamen. Du suchst ein vorbereitetes Stück Fleisch aus der Tiefkühltruhe, oder eine Packung Corn-Flakes, Milch aus der Tüte. Du bezahlst mit Plastikgeld und fährst, oder gehst, heim. Der gleiche Weg wie eben, immer neue Reize, die du schon gar nicht mehr bewusst wahrnimmst, die aber in dein Unterbewusstsein gedrängt werden und sich dort festsetzen.

Dann denke dir eine Indianerin aus der Zeit, die du eben besucht hast. Ihr Kind vor den Bauch gebunden, verlässt sie ihr selbstgemachtes Tipi aus Büffelfellen. Die Sonne steht hoch am Himmel, doch die Herbstkühle hat schon eingesetzt. Sie zieht den selbstgemachten Wollmantel enger um sich und das Kind. Barfuß geht sie hinaus aus dem Lager. Zu der Stelle, wo die Büffelbeeren wachsen. Sie pflückt sie in die mitgebrachte Ledertasche. Dabei lässt sie ihr Kind umher krabbeln, damit es seine Erfahrungen mit der Natur sammeln kann, mit Bäumen, Sträuchern, Stacheln, Erde, Sand. Sie braucht nicht zu fürchten, dass ihr Kind überfahren wird oder im Gedränge verloren geht."

Der alte Indianer nickt.

„Ja, es stimmt, das sind zwei extreme Beispiele. Jede Zeit hat ihre Gefahren. Jede Zeit hat auch ihr Bewusstsein. Und es wäre falsch, die heutige Zeit zu verdammen, denn schließlich hat alles einen Sinn, auch wenn wir ihn nicht verstehen. Wer weiß, zu welchen Geistesleistungen sich die Menschen noch aufschwingen werden?!
Es ist niemals alles verloren. Denke daran, wie schnell du den Weg zur Wahrheit gefunden hast. Hättest du dir vor einem Monat vorstellen können, jemals mit einem alten, faltigen Mann wie mir nachts im Tipi, mitten in der endlosen Wüste, zu sitzen und Pfannkuchen zu essen?"

„Nein!" Eve schüttelt lachend den Kopf. Ihre Gedanken gehen zurück zu dem Tag, an dem sie den sympathischen alten Indianer kennen lernte.

Mit zwei Stunden Verspätung war sie auf dem Flugplatz eingetroffen, übermüdet und gereizt. Sie hatte gehofft, auf dem Flug ein paar Stunden schlafen zu können, aber daraus war nichts geworden. Eine innere Unruhe hatte sie immer wieder hochschrecken lassen, wenn sie gerade eingenickt war. Das war zermürbend, schließlich hatte sie alle Versuche aufgegeben in den Schlaf zu finden. Sie hatte sich die Kopfhörer aufgesetzt und den Bordfilm verfolgt. Ein Western. Eine der vielen Abhandlungen über Wyatt Earp und die wilde Schießerei im O.K. Corall.

Einzig der Hauptdarsteller war es wert, den Film zu verfolgen. Er erinnerte sie ein wenig an Adam, den sie in Cambridge zurückgelassen hatte. Zumindest hatten beide die gleichen, strahlend blauen Augen. Nur, dass Adam nicht so ein Draufgänger war wie dieser Costner. Und auch nicht ganz so gut gebaut. Eigentlich hatten sie doch nicht sehr viel gemeinsam.
Außer den Augen!

Sie hatte überlegt, was Adam jetzt wohl machen würde, während Wyatt Earp einen Bösewicht nach dem anderen niederstreckte. Und das war so ziemlich das letzte Mal gewesen, dass sie an Adam gedacht hatte. Bis er sie plötzlich an diesem Nachmittag beim Ausritt überrascht hatte.

Dieser freundlich lächelnde Indianer mit seiner Hakennase, der ihr jetzt gegenüber saß und lächelte, hatte sie vom Zeitpunkt ihrer Landung in seinen Bann gezogen. Eigentlich war es bereits vor der Landung gewesen, da hatte sie geglaubt, ihn auf der Landebahn stehen zu sehen, in voller Kriegsbemalung, den federgeschmückten Speer zum Gruß erhoben. Sie hatte ihn deutlich vor sich gesehen, obwohl er in Anbetracht der Entfernung zum Flughafen unsichtbar klein hätte sein müssen. Sie hatte es zunächst für eine Erscheinung gehalten, hervorgerufen durch den Bordfilm und den fehlenden Schlaf.

Jetzt wusste sie, dass es nicht so gewesen war. Er hatte sie nur begrüßt. Auf seine Art.

So war er ihr auch nicht mehr fremd vorgekommen, als er sie auf dem Flughafen ansprach: „Sie wollen zum Smithsonian-Institute, Miss Billings?" Er schien ihr von dort geschickt worden zu sein, also war sie ohne eine Frage in sein Auto eingestiegen. Sie waren über endlose Highways gefahren, im Licht der aufgehenden Sonne. Die Strapazen der Reise, die Zeitumstellung, all das hatte dazu geführt, dass sie schnell in den wohlverdienten Schlaf gefallen war, während ihr Chauffeur in seinem dunkelbraunen Anzug den Wagen in Richtung Norden steuerte.

Gegen 20 Uhr amerikanischer Zeitrechnung hatten sie dann an einer kleinen Tankstelle, abseits des Highways, angehalten. Zwei kleine blaue, im Wind hin und her schwingende "Diner" und "Motel" - Schilder über der Tür des kleinen, alten Hauses versprachen ein warmes, weiches Bett und ein vernünftiges Abendessen.

Hunger hatte Sie gehabt!
Ungeheuren Hunger.

Sie hatte nicht gedacht, dass die Zeitverschiebung ihr so zusetzen würde.

Der "Diner" war, entgegen ihren Erwartungen, richtig gemütlich eingerichtet. Kein bisschen Fast-Food oder Plastik-Atmosphäre. Sechs Holztische mit passenden Holzstühlen, großzügig im Raum verteilt, eine alte Holztheke und ein weißbärtiger, alter Wirt, den ihr Begleiter mit „Hallo Gordon!" begrüßte. Die Dubliners hatten sich auf dem Plattenteller gedreht und ihre Gedanken in ihrem Kopf.

‚Fast wie zuhause', hatte sie gedacht. Und das bisschen Heimweh, das gerade aufkeimen wollte, schwand wie Schnee in der Sonne. Der alte Indianer hatte flugs zwei Biere bestellt, die bald schon auf der Theke schäumten.

Nicht im Traum hatte sie sich unsicher oder unwohl gefühlt in der Gesellschaft dieser beiden Männer, die doch eigentlich Fremde für sie gewesen waren. Jedenfalls, bis dieser Gordon sie angesprochen und nach ihrer Schulzeit gefragt hatte.

Es war tatsächlich ihr früherer Geschichtslehrer, Mr. Abrams, gewesen!

In ihrer Kindheit hatte er eine wichtige Rolle gespielt, bis sie sich dann irgendwie aus den Augen verloren hatten. Er hatte sich immer um sie gekümmert, wenn sie zuhause ‚Beziehungsstress' gehabt hatte und hatte es stets vermocht, ihr beide Seiten eines Standpunktes klarzumachen. Ihm war es auch zu verdanken gewesen, dass sie im Alter von 14 Jahren ‚die Kurve gekriegt' hatte und nicht wie Jessica, ihre beste Freundin, den Drogen verfallen war.

Irgendein unbestimmbarer Wind hatte also ihren alten Mr. Abrams nach South Dakota geweht gehabt. Wen wunderte es dann noch, dass sie den beiden Männern, die alte Freunde zu sein schienen (‚uralte', wie sie immer sagten), blind vertraut hatte. Auch, als ‚Spirit of the Eagle' ihr erklärt hatte, er wolle sie nicht zum Smithsonian-Institute bringen, sondern, um eine alte Weissagung zu erfüllen, zu einer weisen Frau ausbilden.

Angeregt und ermüdet zugleich durch nun schon das dritte Glas Bier und ein leichtes, geschmackvolles Abendessen war sie den beiden Männern dann in das gegenüberliegende Motel gefolgt. Ein altes Haus aus der Jahrhundertwende, das ganz und gar nicht an diesen Ort zu passen schien. Es war zu .... ‚britisch'!

In ihrem Schlafzimmer in der ersten Etage hatte sie eine ruhige Nacht verbracht, die von zahlreichen Träumen erfüllt gewesen war. Sie hatte sich als Heilkundige in Alexandria erlebt, als schwangere Fischersfrau irgendwo an der frühzeitlichen Küste Englands, als heimliche Geliebte eines ‚abstinenten' Mönches irgendwo im fernen Asien.

Frisch und ausgeruht war sie erwacht und nach einem typisch englischen Frühstück ohne viele Fragen dem alten Indianer quer durch Amerika gefolgt. Sie hatte bedeutsame Städte und Stätten besucht und die Atmosphäre und Geschichte dieser Orte in sich aufgenommen.

Und sie hatte immer gedacht, Amerika sei ein Land ohne Geschichte!

Ihre Gedanken kehren ins ‚Hier und Jetzt' zurück.

„Nein, das hätte ich mir wirklich nicht alles vorstellen können. Das Leben ist unvorstellbar. Wir können eben nur unserem Pfad folgen, ohne zu wissen, was uns hinter der nächsten Biegung erwartet."

Ein Grinsen umspielt den Mund des Indianers.

„Ja, ja, mit einigen Ausnahmen", ergänzt sie schnell.

Was hatte sie in den letzten Wochen nicht alles erlebt mit diesem weisen Mann! Er hatte ihr Amerika von einer Seite gezeigt, die sie einfach nicht für möglich gehalten hatte. Für sie war

Amerika der Inbegriff von Fast-Food, Plastik und ‚ex-und-hopp' gewesen, ein Land ohne Geschichte und Kultur.

‚Spirit of the Eagle' hatte sich bemüht, Eve nicht nur das heutige Amerika zu zeigen, auf ihrem Weg zum River Cheyenne, an dessen Ufern sie jetzt im Tipi saßen.

Vom Flughafen aus waren sie zunächst Richtung Norden gefahren, bis kurz hinter Chicopee, wo sie nach dem für sie unerwarteten Zusammentreffen mit Mr. Abrams die erste Nacht verbracht hatten.

Eve hatte erfahren, dass die ersten Indianer bereits vor mehr als vierzehntausend Jahren von Asien aus Nordamerika besiedelt hatten. Sie waren den großen Tierherden über die Behringstraße gefolgt, die damals noch eine Landbrücke zwischen den Kontinenten war.
Kultur und Religion der Indianer hatten sich dann auch unabhängig vom ethnischen Ursprung der Völker entwickelt.

Dann hatten Sie Cambridge besucht, die Harvard Universität und das ‚Peabody Museum' der Geschichte der Indianer. Später waren sie wieder in New York angekommen. Dort hatten Sie einige Tage in einem kleinen Hotel verbracht und die "wirklich wichtigen" Sehenswürdigkeiten besucht. So unter anderem das ‚American Museum of Natural History' am Central Park mit seiner Sammlung prähistorischer Skelette, Meteoriten, indianischer Werkzeuge und dem wohl größten Saphir der Welt, dem ‚Star of India'.

Danach waren sie südwärts gefahren, hatten zwei Tage in Philadelphia, der ehemaligen Hauptstadt der USA, verbracht und waren nach Washington gefahren. Eine Stadt wie auf dem Reißbrett erdacht, doch auch nicht ohne Reize.

Selbstverständlich hatte sie ihren Aufenthalt dort auch genutzt, um im Smithsonian-Institute Bescheid zu sagen, dass sie das Stipendium nicht annehmen werde. ‚Es wäre ihr etwas dazwischen gekommen', hatte Eve gesagt. Aber sie hätte es lieber persönlich absagen wollen. Mr. Benson, der Leiter des Instituts, hatte sie mit großen, ungläubigen Augen angesehen und nur langsam den Kopf geschüttelt. Einen Moment lang war Eve unschlüssig geworden, ob das, was sie da gerade gesagt hatte, wirklich ihre Worte waren. Doch sie war inzwischen von so einem überwältigenden Hochgefühl und Vorwärtsdrang beseelt gewesen, dass sie für nichts auf der Welt sich in diesen 'mineralogischen Käfig' hätte sperren lassen wollen.

Von einer inneren Last befreit hatte sie sich von dem alten Indianer, der mal ‚Zivil', mal auch seine Stammeskleidung angelegt hatte, weiter quer durch den Kontinent kutschieren lassen. Nashville, St. Louis, Kansas City.

Dann war es weiter gegangen Richtung Norden, in das Gebiet des dunkelroten Pfeifensteins:

Sioux Falls. Aus diesem Catlinit- Gestein wurden früher und werden noch heute die Friedenspfeifen hergestellt und, welch Entgegenkommen der ‚weißen Männer', der Abbau ist nur den Indianern erlaubt!

Nach einigen Tagen dort und vielen interessanten Bekanntschaften hatten sie ihren Rover Richtung Westen geschwenkt, Richtung Badlands. Ihr Reisetempo hatte sich zusehends verlangsamt, so als strebten sie dem Höhepunkt ihrer Reise zu. Kaum ein kleines Städtchen am Rande der Straße hatten sie passiert, ohne nicht wenigstens eine Nacht in einer der eingeborenen Indianerfamilien zu verbringen. So hatte Eve viel über deren Religion und Kultur erfahren.

Auch in der Religion der Indianer gab es nur einen Schöpfer, der Himmel und Erde erschaffen hatte: Manitou! Und auch die Erzählungen der "Sintflut" werden in einigen Indianerstämmen überliefert.

Natur und Schöpfung waren in der Überlieferung der Lakota ein Kreis, der sich in Zeit und Raum drehte. Gestützt von den vier Ecken der Welt, den vier Himmelsrichtungen, den vier Tugenden, den vier Tierfamilien und den vier Elementen.

„Und den vier Jahreszeiten!" Der alte Indianer holt Eve wieder in das ‚Jetzt' zurück.

Sie hatte seine Anwesenheit gar nicht bemerkt, so tief war sie in ihre Gedanken versunken gewesen. Nun aber spürt sie die leise, unaufdringliche Anwesenheit seiner ‚Sinne' in ihren Gedanken. Inzwischen hat sie sich daran gewöhnt, manchmal nicht mehr ‚allein' zu sein und auch schon selbst ihre Fähigkeit entwickelt, ohne ihre fünf Sinne mit anderen Kontakt aufzunehmen.

Die zahlreichen Besuche bei den Indianerfamilien abseits der Straße in den Badlands hatten ihr hierbei geholfen. Sie hatte sich mit vielen weisen Frauen ausgetauscht, erst mit Worten und Gesten, dann später in der Nacht glitt die Unterhaltung unmerklich in den Bereich des ‚Übersinnlichen' hinein, so dass sie später nur noch schweigend um die Feuerstelle saßen, und trotzdem, unhörbar und unsichtbar, eine phantastische Unterhaltung im Gange war.

„Es wird Zeit, ‚Tiefes Wasser'. Wir wollen uns zur Ruhe begeben. Die nächsten Tage werden dich viel Kraft kosten. Aber du kannst nur neue Kraft erhalten, wenn du dafür auch Kraft gibst. Du sollst nun eine Woche in diesem Tipi fasten, und dabei Körper und Geist kräftigen. So wie ein Gewitter Himmel und Erde reinigt, so reinigt das Fasten Körper und Seele.

Ich wünsche dir einige ruhige Nacht und angenehme Träume."

Der Indianer streckt seine Arme aus, zieht die weiße Frau sanft zu sich heran und drückt ihr einen väterlichen Kuss auf die Stirn.

Eve errötet leicht. „Gute Nacht, du alter Adler. Und danke für Alles bisher." Sie streift ihre Hose ab und legt sich in das vorbereitete Bett aus Wolldecken. Sie rollt sich auf den Rücken, streckt ihre langen Beine aus und legt ihre Arme entspannt neben sich. Durch das Lüftungsloch in der Zeltspitze kann sie ein Stück des klaren Nachthimmels sehen. Es ist Vollmond.

Irgendwo heult ein Präriewolf.

*

Wind kommt auf.

Die Ritter des Deutschen Ordens haben sich in der kleinen Kreuzburger Feste verbarrikadiert. Sie hatten einen Überraschungsangriff auf die 'Goldene Horde' geritten und waren dabei völlig aufgerieben worden. In dieser Nacht schläft keiner richtig. Keiner kann die Erlebnisse des vorherigen Tages vergessen.

Wie ein gewaltiger Sturm waren die mongolischen Horden über sie hinweggefegt. Nein, es war nicht das ‚übliche' Aufeinanderprallen zweier Heere gewesen, wie es sonst bei ‚zivilisierten' Schlachten immer der Fall gewesen war. Mit einer mehr als zehnfachen Übermacht hatten sie die Reiterschar des Ordens einfach überrannt. Nein, 'überritten` wäre das richtige Wort gewesen.

Der Hauptmann der Wache, Eduard von Bornbeck, lehnt blass und erschöpft an einer Burgzinne.
„Hört Ihr, wie sie grölen? Sie feiern schon Ihren morgigen Sieg. Noch einmal wird uns die plötzliche Konfusion in ihren Reihen nicht zur Hilfe kommen. Großer Gott, wir lägen alle schon tot da draußen, wenn sie sich nicht mitten im Angriff so plötzlich zurückgezogen hätten! Was mag nur der Grund dafür gewesen sein?"

Sein Gegenüber, Prinz Klaus von Schaffstein, zuckt nur mit den Schulternr. Sein Brustharnisch ist verbeult, seine Reiterhose zerrissen. Sein sonst so gepflegtes, langes braunes Haar hängt zottelig und verklebt über der Schulter.
„Ich weiß es nicht," antwortet er geistesabwesend, „vielleicht haben wir einen ihrer Anführer, einen Stammesfürsten, oder einen heiligen Mann getötet?! Vielleicht wollten sie auch nur rechtzeitig zum Abendgebet zurück sein? Ich habe gehört, dass sie sich mehrmals täglich nach Osten neigen müssen, sonst werden sie verflucht."

„Diese Horden dort draußen sind längst nicht alle Anhänger Mohameds! Die ‚Ungläubigen', wie ihr sie nennt, wenden sich zum Gebet täglich Richtung Mekka, ihrer heiligen Stadt. Für die Zeit dieses Gebetes ruhen dann alle Kämpfe", mischt sich Bodo von Bechtheim ein.

Seine Rüstung ist wie aus dem Ei gepellt, keine Beule, kein Fleckchen zu sehen. Man könnte meinen, er habe sich vor der heutigen Schlacht gedrückt, dabei war er es, der in den vordersten Reihen gekämpft und die Männer immer wieder zum Durchhalten angespornt hatte.

"Wirklich wahre Gläubige!," schnauft Eduard von Bornbeck verächtlich. "Nur um dann wieder mit der gleichen Brutalität weiter zu morden? Was für ein Gott ist denn dieser Mohammed, den sie anbeten, wenn er so etwas zulässt?"

"Und deiner?" Bodo von Bechtheim malt mit der rechten Hand ein Kreuz in die Luft. "Unter diesem Zeichen führen Kaiser und Könige, Bischöfe und Päpste solche wie uns in den Krieg. Und wir überrennen kopflos im Heiligen Land Männer, Frauen und Kinder, weil sie 'gottlos' sind oder versucht haben, Jerusalem, unsere heilige Stadt zu 'entweihen'. Obwohl sie doch verdammt mehr Rechte haben, dort zu wohnen als irgendein König von England oder sonst wer."

Die rechte Hand des Hauptmannes fährt zum Schwert. "Harte Worte sind das! Unter anderen Umständen und an einem anderen Ort hätte man dich deswegen der Ketzerei angeklagt! Hüte deine Zunge! Auch hier hat die Kirche Augen und Ohren. Ich will nicht wegen ein paar unüberlegt dahingesagter Worte gegen einen meiner besten Freunde zeugen müssen."

"Ist schon gut", beruhigt ihn von Bechtheim mit einem Lächeln, "Wir geraten hier wieder in den Streit über Grundsätzlichkeiten, die wir wahrlich schon oft diskutiert haben. Lass es gut sein hiermit. Aber denke doch noch einmal darüber

nach, ob Gott und Kirche wirklich ein und dasselbe sind."
Er bewegt sich wie unbehaglich in seiner Rüstung.

„Weshalb ich zu euch gekommen bin: Ein Bote aus Legnica ist eingetroffen. Er hatte schlecht und gute Nachrichten.
Unser Freund Bertram ist mit seinem Gefolge auf dem Weg nach Gdansk von den Mongolen überrascht worden. Irgendwo in der Nähe von Bromberg. Dort hatte er letzte Station gemacht, seither fehlt jede Nachricht von ihm. Wir müssen damit rechnen, dass er ihnen in die Hände gefallen ist." Mit einer leichten Kopfbewegung deutet er über die Burgzinne zu den Lagerfeuern.

Für einen Moment hüllen sich die drei tapferen Ritter in Schweigen, gedenken ihres Freundes, mit dem sie schon so manches Abenteuer überstanden hatten. Er hatte sich vor zwei Wochen nach Gdansk aufgemacht, um seine Verlobte, Ira von Traunstein, zu ehelichen. Trotz der immer mehr werdenden Überfälle der mongolischen Reiterhorden hatte er sich um ‚nichts in der Welt' von seinem Vorhaben abbringen lassen wollen.
‚Unsere Hochzeit kann nur Gott verhindern', hatte er gesagt. Nun war sein Lebensglück an diesem machthungrigen Nomaden, der von der Mongolei aus nun schon fast zwei Drittel des europäisch/asiatischen Festlandes erobert hatte, gescheitert.

„Die zweite Nachricht ist die beste seit Tagen." unterbricht Bodo das Schweigen. „Morgen soll die unchristliche Horde des Batu Khan endgültig geschlagen werden. Unser Kaiser wird alle deutschen und polnischen Heere unter seiner Führung zum Gegenschlag vereinigen. Wir werden uns morgen mit unseren Mannen der Führung des polnischen Generals Mierzko unterstellen. Seine Armee lagert bereits einen halben Tagesmarsch entfernt an den Ufern der Donau. Unsere Aufgabe wird es sein, sie von der Seite her anzugreifen, während die Hauptstreitmacht von Westen her auf sie losziehen wird. Gott möge uns allen gnädig sein!"

Die drei Männer schlagen die obligatorischen Kreuzzeichen und wenden sich wie auf Kommando den entfernten Lagerfeuern zu. Nach und nach verlöschen die Feuer, eines nach dem anderen.

„Was für eine Teufelei denken die sich jetzt schon wieder aus?", flucht Prinz Klaus. „Die werden doch wohl nicht versuchen wollen, uns im Schutze der Dunkelheit hier anzugreifen?!"

„Heh, du da unten!", ruft Eduard von Borneck einem der Ritter im Hof zu, „lasst sofort die Wachen verdoppeln! Sie sollen mir jede Auffälligkeit sofort melden. Und die Soldaten, die nicht auf Wache stehen, sollen sofort ihr Quartier aufsuchen und schlafen. Es stehen uns ein paar harte Tage bevor."

Der Mann salutiert kurz und rennt los.

"Wir sollten uns jetzt auch ein bisschen zur Ruhe begeben!", schlägt Bodo vor. *"Auch wenn wir vielleicht nicht schlafen können. Wir werden unsere ganze Kraft brauchen, wenn es losgeht. Ich denke aber, für heute sind wir hier sicher."* Er blickt noch einmal zu den Lagerfeuern, von denen das letzte gerade verlischt.

"Was mich angeht, von mir aus können wir sofort loslegen und den unchristlichen Haufen dort unten ein für alle Mal auslöschen. Mein Schwert dürstet nach dem Blut dieser Halunken!" Mit einem Ruck reißt er es aus der Scheide, hebt es empor gegen den Himmel, reckt es gegen die verloschenen Lagerfeuer und streicht dann liebevoll mit der behandschuhten Linken von der Spitze bis zum Schaft, bevor er es wieder einsteckt.

Prinz Klaus ist wieder in seinem Element. Auch wenn er heute Nachmittag nicht zum Kämpfen gekommen war, sein Pferd hatte gelahmt und ihn so in den hintersten Linien zurückgelassen, so war er doch voll Sturm und Drang. Oder vielleicht auch gerade deswegen. Bisher war es ihm erspart geblieben, in einer Schlacht einem Feind Auge in Auge gegenüberzustehen und den Kampf auf Leben und Tod austragen zu müssen.

"Du, Alter!", wendet er sich respektlos an den Mann im weißen Gewand, der eben wie aus dem Nichts auf dem Wehrgang aufgetaucht ist. *"Erzähle uns doch mal eine von den Geschichten, wie ihr damals die Ungläubigen aus Jerusalem vertrieben habt."*

"Wir haben sie nicht vertrieben, und wir werden es auch nie tun. Das ist nicht unsere Sache, auch wenn Einige es wieder und wieder versuchen werden." Der Angesprochene kommt langsam näher. Er geht so behutsam und leise, dass seine Sandalen kaum den Boden berühren. Aber darauf achtet keiner der Ritter.

Immer wieder sind sie fasziniert von der Erscheinung des Schotten, der sich ihrem Tross vor einigen Wochen angeschlossen hatte. In seiner glänzend polierten Rüstung hatte er am Wegesrand gestanden und ihnen seine Dienste angeboten. Sein Wappen war ihnen unbekannt gewesen, zwei ineinander verschlungene Tropfen, einer weiß, einer schwarz. Aber er hatte beste Referenzen verschiedener Fürstenhäuser vorgewiesen, und schließlich konnten Sie jedes Schwert brauchen.

Genauso ungewohnt wie seine Kriegsausstattung war die Bekleidung, die er zuweilen anlegte, wenn sie sich von ihren Ritten oder Kämpfen erholten. Ehe man sich versah, saß er schon in sein weißes Gewand, das nie zu verschmutzen schien, gekleidet da und starrte in die Leere. Manchmal saß er stundenlang so da.

Manchmal erzählte er auch von seinen Erlebnissen auf dem Kreuzzug, den er zusammen mit Richard von Poitou geritten war. Wenn man alles so zusammenfasste, musste Sean, so nannte er sich, bereits ein erstaunliches Alter aufweisen. Trotzdem war noch gelenkig wie ein Junge und ausdauernd wie ein Hirsch.

Der Prinz, der den Alten um seine Abenteuer und Geschichten beneidet, lächelt ihn bemitleidend an. „Nun, Alter, bist du wieder unter die Priester gegangen? Sollte einen solchen Kämpfer wie dich nicht eine Rüstung besser kleiden?"

„Wer das Äußere achtet, versteht nicht den Kern", entgegnet der Alte ruhig. „Wie soll ein Gewand, das man an und wieder ablegen kann, etwas über das Wesen eines Menschen aussagen können?"

„Ach, rede keinen Unfug!" Klaus von Schaffstein steht nicht der Sinn nach einem geistvollen Gespräch, er will Blut sehen. Und sei es nur in einer der vielen Geschichten, die der Schotte zu erzählen weiß. „Erzähle von deinem König Richard, wie ihr gekämpft habt, Seite an Seite, gegen die Seldschuken."

„Ach, du heißblütiger Dummkopf. Kannst du deine Gedanken nicht auf sinnvollere Wege schicken als zu Kampf und Tod? Ich habe so viel davon gesehen, dass es für zehn Leben reicht."

Er wendet sich zum Gehen.

„Und trotzdem hast du dich uns angeschlossen und wirst morgen mit uns gegen die Mongolen anreiten! Wie soll man das verstehen?" Bodo zieht fragend eine Augenbraue hoch.

Der Alte bleibt stehen und entgegnet ruhig: „Die Wege des Herrn sind unergründlich."

"Gerede!", faucht von Schaffstein.

"Ich bin hier, weil ich hier eine Aufgabe zu erfüllen habe. Ich weiß noch nicht, was es ist, aber ich werde es merken, wenn es an der Zeit ist und dann das tun, was nötig ist." Ein Lächeln umspielt sein faltiges Gesicht.

"Leeres Gerede!"

"Wie damals in Dartmouth?", versucht Bodo das Gespräch in erträgliche Bahnen zu lenken.

"Ja, wie damals in Dartmouth", greift der Alte dankbar lächelnd den Faden auf. "Ich hatte nicht im Traum beabsichtigt, an einem Kreuzzug teilzunehmen, als ich mich im Frühjahr des Jahres 1188 aus den Guisachan Wäldern auf den Weg machte und unsere bescheidene Hütte am Allt Garbh für immer verließ."

Gedankenverloren kratzt er sich seinen grauweißen Bart und zieht die sonnengebräunte Stirn in Falten. "Ich wollte nur ein bisschen von der Gegend sehen, in der ich aufwuchs, doch meine innere Unruhe wurde größer und größer und trieb mich immer weiter von meinem Elternhaus fort.

Ein gutes Jahr lang durchstreifte ich Wälder und Wiesen, bis ich dann an der äußersten südwestlichen Spitze meines Heimatlandes ankam. Sie nennen es dort ‚Belerion', Wohnstätte der Stürme, oder auch einfach das ‚Ende der

Welt'. Von dort aus kann man an klaren Tagen die Umrisse eines vor langer Zeit im Meer versunkenen Landes sehen, 'Lyonesse'. Ich saß dort tagelang am Strand und lauschte dem Gesang der ertrunkenen Seelen, die den Ort noch immer mit einem Zauber belegen.

Mein Interesse war geweckt. Ich wollte noch mehr sehen und spüren von diesen rätselhaften Dingen, von denen die Welt voll ist. Ich ritt entlang der Küste nach Osten, sah eine verzauberte Kapelle auf der Spitze eines nebelverschleierten Berges mitten im Meer. Und ich traf König Richard, der Männer suchte, die bereit waren, mit ihm über das große Meer zu segeln um Jerusalem aus der Hand der 'Ungläubigen' zu befreien. Mit einem Mal erwachte in mir ein Gespür für die ungeheure Vielfalt der Möglichkeiten, die das Leben einem bietet, und ich wollte mit. Ferne Länder sehen, fremde Menschen, fremde Kulturen. Dass wir auf unserer eineinhalbjährigen Fahrt Krieg und Tod mit uns bringen würden, daran dachte ich damals nicht."

„Womit wir endlich bei deinem Lieblingsthema wären!" Bodo von Bechtheim gibt Prinz Klaus einen Klaps gegen die Schulter. „Was mich angeht, ich muss auf den spannenden Teil jedoch verzichten. Ich werde mich zur Ruhe begeben. Gute Nacht, Freunde! Gute Nacht, Kreuzritter!"

„Gute Nacht!" Die drei Männer blicken dem Blondschopf nach, bis er die Tür des Wachturmes hinter sich geschlossen hat.

„Ich denke, es wird Zeit auch für uns, das Land der Träume aufzusuchen. Wir brauchen die Kraft, die wir dort schöpfen können, für morgen." Der Alte erhebt sich von dem Holzschemel, auf dem er gesessen hatte.

„Macht, was ihr wollt!" Von Schaffstein ist gereizter als zuvor. „Ich jedenfalls werde kein Auge zumachen, solange da draußen auch nur einer dieser gelben Teufel lauert."

Auch die anderen Männer verlassen den Wehrgang der Burg, nur von Schaffstein bleibt zurück. Unruhig und unzufrieden geht er die wenigen Meter aus behauenem Stein auf und ab. Ab und auf.

Unten, vor der Kammer des Abtes, die dieser für die Kreuzritter geräumt hatte, wartet Bodo auf Sean, den ‚Alten'. Bodo ist einer der wenigen, die den richtigen Namen des Weißhaarigen kennen, und ihn auch noch aussprechen können: ‚Annam da Beinn Stob Coire Easain'. Das heißt so viel wie die ‚Seele des Berges mit dem schrecklichen Namen', hatte Sean ihm bei ihrem zweiten Treffen mit einem Augenzwinkern erklärt.

Im Gegensatz zu den anderen verbindet ihn mit Bodo eine tiefe Freundschaft, ja, mehr als das, eine Art Vater-Sohn-Liebe.

Als sie sich das erste Mal trafen, vor etwas mehr als fünf Jahren in der Avergne, hatte Bodo den Alten an seine dessen Jugend erinnert. Seine ungeschickte Ungestümheit, sein verdeckter

Tatendrang, die ungeheure Tiefe der Gefühle, die erst geweckt werden mussten, all das war ein Abbild des ‚schottischen' Sean gewesen, des jungen Mannes, der er vor langer Zeit einmal gewesen war. Der Funke war sofort zwischen den beiden übergesprungen, sie hatten endlose Gespräche über den Sinn des Lebens geführt, über das Schicksal, über das Glück und über die Möglichkeiten, sein Leben selbst zu bestimmen.
Sean hatte es für angebracht gehalten, den Jungen in die Geheimnisse des Lebens einzuweihen, so wie er sie in den vielen Jahren seiner Wanderschaft erfahren hatte.

Und jedes Mal, wenn sie sich wieder getroffen hatten, tauschten sie ihre Erfahrungen, ihre Träume und ihre Pläne für die Zukunft aus. Auch an diesem Abend wollen sie sich noch nicht zur Ruhe begeben, sondern gemeinsam meditieren, um zu erfahren, was in den nächsten Tagen das Schicksal von ihnen erwartet.

Schwungvoll öffnet Bodo die Kammertür, gemeinsam treten sie ein. Drinnen ist es dunkel, nur der Feuerschein des prasselnden Kamins erhellt den Raum. Der Raum ist aber nicht leer, wie Bodo erwartet hatte.

Vor dem Feuer wartet bereits eine Frau auf sie. Sie ist groß, hat langes, nachtschwarzes Haar, das glänzend über ihren verschmutzten, grauen Umhang fällt. Sean hatte sie in Alexandria kennen gelernt und, gäbe es Zufälle, wie zufällig vor einigen Tagen auf seinem Weg zu dieser Festung wiedergetroffen.

„Renata, wir haben Besuch", spricht er sie an und sie dreht sich sanft vom Feuer den beiden Gestalten in der offenen Tür zu. Ein Mondstrahl lässt ihre schwarzen Augen aufblitzen und wirft Licht auf ihr makelloses Gesicht. Bodo erschauert vor so viel Schönheit.

*

Weit entfernt in Raum und Zeit, erschauern gleichzeitig Adam und Eve, als sie sich in die Augen schauen und wiedererkennen.

*

Renatas Augen lösen sich ruckartig von Bodos und sie verbeugt sich respektvoll vor dem Alten. Dann blickt sie hoch, und mit einer leisen Stimme, die wie auf dem Mondstrahl zu Bodos Ohr fliegt, sagt sie: „Ihr seid sicher Bodo von Bechtheim, von dem der Meister schon so viel erzählt hat?!"

„Der Meister?" Für einen Moment muss sich Bodo von Ihrem bezaubernden Anblick losreißen und lächelt den Alten an.

„In welcher Verkleidung seid Ihr wieder unterwegs gewesen, als ich eine Zeitlang nicht auf Euch Acht geben konnte, Taliesin? Sagt, welchen Zaubernamen habt Ihr Euch diesmal zugelegt?"

Er wendet sich an Renata. „Sagt, wie hat er Euch verzaubert, mit ihm mitzukommen, an diesen schrecklichen Ort?"

„Verzaubert? Nein, bezaubert!" Sie lächelt und legt neckisch Ihre Arme um den Hals des alten Mannes. „Wer könnte so einer Ausstrahlung schon widerstehen?"

‚Wenn Sie wüsste, welche Ausstrahlung sie hat', überlegt Bodo und berichtigt sich gleich wieder, als er die junge Frau anmutig zum Feuer schweben sieht. ‚Sie ist schön, und sie ist sich ihrer Wirkung durchaus bewusst.' Ein Verlangen steigt in ihm auf, der Wunsch, all die Sorgen und Nöte, die er mit diesem Ort verbindet, für eine Nacht zu vergessen. Für eine Nacht mit ihr.

Sean schließt leise die Tür.

„Ihr kennt Euch" sagt er. „Und ihr werdet euch wiedererkennen. Im Guten, wie im Bösen. Und, so Gott will, werde ich dabei sein, um Euch zu begleiten. Aber wir sollten uns dem Hier und Jetzt zuwenden. Wir sollten morgen nicht mehr hier sein, andere Aufgaben warten auf uns.
Hier können wir ohnehin nichts mehr tun. Die Schlacht ist bereits geschlagen. Fernab von hier, ohne, dass ein Tropfen Blut geflossen ist.

Der große Khan ist tot. Sein Tod wird die mongolische Dynastie in eine Periode immer größerer innerer Unruhen führen. Kriege um die Nachfolge des Khan werden entbrennen und kein

Khan wird je wieder so mächtig sein wie Batu Khan.

Und dennoch wird es hier zu einem schrecklichen, sinnlosen Blutvergießen kommen. Die Heißsporne, die Schlächter, werden zu den Waffen greifen und eine große Niederlage erleben.

Die Mongolen werden sich zurückziehen, aber ungebeugt von unserer Kampfkraft. Der morgige Tag wird in die Geschichte eingehen, doch wir werden dann nicht mehr hier sein."

Der Alte wendet sich einem etwa 12-jährigen Jungen zu, der im Schatten des Feuers bisher unbemerkt in einer Ecke gekauert hatte. Er springt auf und schaut fragend von einem zum anderen. Er scheint wie aus einem tiefen Traum erwacht.

„Alban und ich, wir bereiten alles für unsere Abreise vor. Euch zwei lassen wir erst einmal alleine. Ihr habt euch sicher viel zu sagen."

Unnachgiebig schiebt er den kleinen Jungen, der mit halb geöffnetem Mund immer noch von einem zum anderen schaut, zur Tür hinaus.

Der Mond flammt für einen Moment wieder in Renatas Gesicht auf, dann sind sie allein. In ihren klaren, dunklen Augen spiegelt sich das Wasser des Meeres, das dereinst Lyonesse umschloss, in seinen stahlblauen Augen der Himmel, unter dem sie sich einst geliebt hatten.

Erinnerungen an frühere Zeiten werden wach, eine Zeit, in der sie ihre Liebe zueinander voll ausgelebt hatten. Eine Zeit, die unbeschwert war von den Wirren und Schrecken der Zeit, in der sie jetzt leben. Warum nur waren sie auseinandergegangen? Waren sie überhaupt auseinandergegangen? Wie hatte alles damals geendet?

Der Faden, den sie eben noch ergriffen und geknüpft hatten, zerreißt.

Sie stehen wieder in der vom Feuerschein erhellten Kammer des Abtes und sehen sich mit glühenden Augen an.

"Unfassbar," sagt sie. "Ist das alles wirklich oder bin ich verrückt?"

Sie streicht mit ihren Fingern durch das lange Haar und wirft den Kopf nach hinten.

"Nein, Renata, du bist nicht verrückt. Wir haben Dinge gesehen und Gefühle erlebt, die wir vor vielen Jahren miteinander geteilt haben. Der Alte hat wohl doch recht mit seinen Geschichten über Seelenwanderung.
Aber glaube mir, meine Gefühle für dich sind, so jung sie heute auch sind, aus dieser Zeit und ich brenne darauf, dir ganz nahe zu sein.
Heute noch. Jetzt gleich, bevor wir uns auf die Reise machen.
Renata, du bist wunderschön!"

Er legt seinen Arm um sie und zieht sie ganz langsam zu sich. Er küsst sie auf das linke Ohr, dann auf das rechte. Aus ihren Haaren saugt er den Duft von Lavendelblüten und Moschusöl, während ihre Finger spielerisch sein Kettenhemd lösen und auf seiner haarigen Brust spazieren gehen.

Minuten später liegen Helm und Panzer auf dem Boden und werfen wilde Spiegelungen des Feuers in jede Ecke des Raumes, während er langsam das grobgestrickte Gewand von ihren Schultern streift. Nur flüchtig nimmt Bodo wahr, dass sie barfüßig dasteht, zu sehr sind seine Augen und Sinne gefangen von ihrem Körper, der sich ihm nun in seiner gesamten Schönheit offenbart. Er hält sie auf Armlänge entfernt, um sich jedes Detail auf immer einzuprägen, denn er weiß, tief innen, dies ist das erste und letzte Mal, dass sie sich in diesem Leben einander hingeben werden.

Liebevoll zieht er sie an sich, seine Hände gleiten an ihren Schultern den Rücken hinab bis auf die Pobacken. Während er dort genussvoll seine Hände Berge und Täler dieses ihm auf seltsame Weise wohlbekannten Paradieses erforschen lässt, tobt oben zwischen den fest aufeinander gepressten Lippen ein Sturm der Leidenschaften. Ihre Zungen gehen auf Entdeckungsreise, gleiten an den Zähnen des anderen entlang, als wären sie ein Mund, ein Leben, und vereinigen sich schließlich wie zwei Wellen, die beide den gleichen Felsen der Brandung umtosen.

Die Zeit steht still, spielt keine Rolle, sie baden in einem See aus Geben und Verlangen, Lust und Sehnsucht.

Irgendwann, irgendwo, zieht er sie auf das Bett des Abtes. Satt und schwer liegt ihr schwarzes Haar auf dem weißen Laken, während seine blauen Augen im Widerschein der Kerzen, die wer weiß wer auf dem Tisch entzündet hatte, zu knistern scheinen. Sein festes, wolliges Haar gibt ihren langen Fingern Halt, und sie zieht ihn zu sich herunter, will jeden Funken seines Feuers genießen und es mit ihrer Glut nähren. Seit langen Zeiten aufgestautes Verlangen prallt aufeinander und vereinigt sich unter Funkenstieben wie Holzscheite, die in eine wohlgenährte Glut geworfen werden.

Sie erleben eine Nacht der Höhepunkte, frei von Tiefen oder quälenden Gedanken an die Zukunft, an das Morgen. Sie sind vereint im Augenblick und lösen sich erst wieder voneinander, als draußen der Sturm, der mit Blitz und Donner ihre Leidenschaft begleitet hatte, verebbt.

Schweigend liegen sie nebeneinander, ihre Seelen sind auf immer verbunden, es bedarf keiner Worte mehr. Nach und nach verlöschen die drei Kerzen des Tischleuchters, als sie draußen das Krähen des Hahnes hören. Ihre Augen leuchten auf, als sie sich anschauen, dann stehen sie beide auf und kleiden sich wieder an. Sie in ihr einfaches Gewand, er in seine funkelnde Rüstung.

Gerade als sie ihm die letzte Schnalle des Brustharnisches schließt, öffnet sich die Tür. Tageslicht dringt in die dunkle Kammer und lässt beide blinzeln.

"Es ist soweit. Ein Unwetter hat sich verzogen, wir müssen fort sein, bevor sich das nächste zusammenbraut." Der Alte stolpert in den Raum herein.
"Hoppla! Meine Knochen sind wohl doch nicht mehr die besten. Eine Nacht im Stroh, und ich kann die Füße kaum noch heben", schmunzelt er. Hinter ihm betritt der Junge das Zimmer, kickt mit dem bloßen Fuß die Sandale, die auf der Schwelle gelegen hatte, zur Seite, während er in beiden Händen zwei Schüsseln mit Brühe, einen Laib Brot, ein Stück Käse und zwei Becher Wein balanciert. Geschickt verteilt er sie auf dem runden Tisch und zaubert irgendwo unter seinem Wams drei Kerzen hervor, die er am Tischleuchter entzündet. Irgendwie.

"Ihr werdet hungrig sein", sagt der Alte. "Aber beeilt Euch! In spätestens einer halben Stunde müssen wir uns auf den Weg machen." Leise schließen die beiden wieder die Tür hinter sich.

Während draußen das Erwachen der Soldaten den Lärmpegel mehr und mehr anschwellen lässt, teilen Renata und Bodo Käse, Brot, Wein und ein betretenes Schweigen.

Zwanzig Minuten später stehen sie bereits im Stall und satteln ihre Pferde. Der Alte wirkt äußerst unruhig und mahnt immer wieder zur Eile. Noch bevor Bodo überhaupt bemerkt, dass er sich nicht einmal von seinen Waffengefährten verabschiedet hat, liegt die Feste bereits im Glanz der blutrot aufgehenden Sonne hinter ihnen.

Während sie sich in schnellem Ritt Richtung Westen entfernen, prallen im Osten die christlichen Heere auf die abziehenden Mongolen. Ein furchtbarer, sinnloser Kampf nimmt seinen Anfang, in dessen Verlauf auch Prinz Klaus von Schaffsteins Kampfeswut ihren Ausbruch feiert.

Nach einem Sturz vom Pferd steht er Auge in Auge einem dieser verhassten mongolischen Teufel gegenüber. Hass und Wut, Angst und Verzweiflung kreuzen sich in ihrem Blick. Allerdings nur für den Bruchteil einer Sekunde. Dann durchtrennt ein Axthieb aus dem Hinterhalt den silbernen Lebensfaden und Prinz Klaus sinkt mit hoch erhobenem Schwert ungläubig zu Boden, bevor er überhaupt einmal zuschlagen konnte.

*

Das Schicksal spinnt seine Fäden durch Zeit und Raum. Mal lässt es sie locker, mal zieht es sie zusammen.

*

Ich erwache neben Peggy, als der Milchwagen scheppernd vor der Tür hält. Während der

Milchmann die Kiste mit den klimpernden Flaschen den Weg zur Haustür hoch trägt, schaue ich mich verwirrt um. Ein zarter Duft von Lavendel schwebt noch im Zimmer, mischt sich mit dem Duft von Rosenöl aus Peggys Haaren.

Bezaubernd, wie sie so daliegt, leicht, wie ein Blatt im Wind und doch geborgen wie eine Wurzel im Schoß von Mutter Erde.

„Es wird Zeit", sage ich, ohne überhaupt zu wissen, warum, schlüpfe leise in meine Pantoffeln und schleiche mich in das Badezimmer. Eine heiße Dusche wird mir sicher guttun, wird mir helfen, das Gefühl, immer noch eine eiserne Rüstung an mir zu tragen, loszuwerden. Obwohl dies auch bedeute, Peggys Duft, der wie ein unsichtbares Tuch an mir haftet, abzuspülen.

Während ich noch dastehe und das Für und Wider abwäge, schleicht Peggy, leise und leicht wie ein Windhauch an mir vorbei in die Duschkabine. Noch bevor die ersten Tropfen den Boden der Duschtasse berühren, zieht sie mich hinterher, als wäre ich leicht wie ein Handtuch.

Als wir das Badezimmer verlassen, schaue ich mich ungläubig um. Das Bett ist schon gemacht, Tee steht dampfend auf dem kleinen Tischchen, davor ein Tablett mit Toast, Butter und Marmelade und Honig. Drei weiße Kerzen brennen in dem silbernen Leuchter. War Tante Ellen hier, während wir duschten?

Oder hat Peggy ...? Ich wundere mich am besten über nichts mehr.

Während des Frühstücks merke ich erst, wie hungrig ich bin. Als ich mir nach dem letzten Toastbrot, es waren insgesamt sieben, den Honig von den Fingern schlecke, klopft es an der Tür.

Peggy geht zur Tür, dreht den Schlüssel um und öffnet.

„Hallo Kinder!", flötet Mrs. Pierson durch den kleinen Türspalt, den Peggy ihr gewährt. „Ich wollte nur wissen, ob ihr ... Ach, ihr seid schon fertig! Dann kann ich ja gleich abräumen."

„Nicht nötig, Tantchen. Ich mache das schon selbst. Hast du alles vorbereitet, um das ich dich gebeten habe?"

„Selbstverständlich, Peggy."

„Gut, dann kommen wir gleich runter."

Irgendwie bekomme ich das Gefühl, dass hier wieder alle außer mir Bescheid wissen.

Nun ja, heute ist ‚Heiligabend'. Die letzten Tage sind wie im Fluge vergangen. Peggy und ich sind uns nähergekommen. Sehr nahe.

Meine ‚Ausbildung' hat Fortschritte gemacht. Peggy und der Pfarrer waren mir eine unverzichtbare Hilfe. Heute Abend soll ich erfahren, worum es eigentlich geht bei dem ganzen verschwörerischen Getuschel und den Heimlichkeiten. Offenbar geht es nicht um ein Weihnachtsgeschenk für mich. Da steckt mehr dahinter. Eine große Sache. Alle sind ganz aufgeregt. Es werden noch einige Gäste mehr erwartet ab heute Mittag. Draußen weht das „sorry - no vacancies"-Schildchen im Schneetreiben, obwohl gestern Abend noch gar nicht alle Zimmer belegt waren.

Peggy hatte gestern bereits Nr. 5 geräumt und war zu mir gezogen, da das Bett dort für einen Gast aus Übersee vorgesehen ist.

‚Heilige Geschäftigkeit' ist vielleicht das richtige Wort für das Treiben, das von der sonst so ruhigen Atmosphäre der Pension Besitz ergriffen hat. Eine unterschwellige, aber nicht unangenehme Unruhe hat sich auch Tante Ellens bemächtigt. Aber trotz aller Vorbereitungen, mit denen sie beschäftigt ist, ist sie bester Laune.

Das war anders an dem Abend, als ich meine erste schamanische Reise unternommen hatte. Reverend Wilson hatte sich ‚aus christlicher Sicht' standhaft geweigert, diese in den Räumen der Pfarrei stattfinden zu lassen. So waren wir zu Chosito gegangen. In Sichtweite seines Restaurants hatte Chosito ein gemütliches kleines Haus direkt am Strand. Hierhin hatte er uns zu dieser Reise eingeladen. Keine Frage, dass Peggy diesen Kontakt geknüpft hatte. Sie schien Chosito auch bereits ‚eine Ewigkeit' zu kennen.

An jenem Abend war ich sehr aufgeregt gewesen. Ich hatte schon einige ‚Reisen' in meine Anderwelten, Vergangenheit, oder wie auch immer ich es gerade nannte, unternommen, aber so eine Reise war mir neu.

Der Mexikaner war, wie Peggy mir erzählt hatte, selber seit gut dreißig Jahren Schamane.

„Wieso hat er nie etwas davon gesagt?", hatte ich Peggy gefragt, als wir den Termin verabredeten. „Wir haben doch auch mit ihm schon häufiger über Schamanismus gesprochen. Er hat sich immer als Experte gezeigt, aber nie ein Wort darüber verloren, dass er selber Schamane ist."

„Ein echter Schamane wird sich nie als Schamane bezeichnen. Vielleicht als Heiler, oder so, aber nie als Schamane. Das verbietet die Bescheidenheit der wirklichen Schamanen." Peggy hatte eine weit ausholende Handbewegung gemacht. „Im Gegensatz zu den vielen selbsternannten Schamanen, die heute in Zeitungsinseraten ihre Tätigkeiten anbieten. Sie sind vom Kern der Sache so weit entfernt wie die Schale vom Apfelkern."

Ihre ernste Miene hatte sich wieder aufgehellt, als sie sagte: „Glaube mir, Adam, gute Schamanen sind selten. Sie werden als Schamanen geboren und folgen ihrem vorbestimmten Weg. Man wird nicht einfach

Schamane, indem man ein Seminar oder zwei mit ‚Abschlussdiplom' besucht hat.

Und Chosito ist ein guter! Er wurde ausgebildet von ‚Spirit of the Eagle', einem Lakota-Schamanen, der ihn im Alter von sieben Jahren aufgenommen hatte. Seine Eltern waren bei einem Autounfall ums Leben gekommen. Dreizehn sehr intensive Jahre verbrachte er dort, bevor er sich dann auf den Weg hinaus in die Welt machte. Jedenfalls darfst du dich auf einen aufregenden Abend freuen."

Mit gemischten Gefühlen war ich an diesem Abend mit Peggy zu Chositos Haus gegangen. Schamanismus schien mir sehr primitiv zu sein. Ich hatte das Gefühl, mit meinen Fähigkeiten schon ‚viel weiter' zu sein. Trotz alledem aber war ich auch neugierig gewesen.

Chosito hatte uns freudig an der Tür empfangen. Er hatte eine braune Lederhose getragen, Ledermokassins und ein wunderbar verziertes rotes Baumwollhemd. In einem Raum, der mit indianischen Gegenständen ausgestattet war, hatte uns bereits der Pfarrer erwartet. Zunächst hatte ich ihn gar nicht erkannt gehabt, zu sehr verändert hatte er ausgesehen in seinen Jeans und dem dunkelblauen Rollkragenpullover. Er hatte direkt unterhalb eines geflochtenen Schildes gesessen. Wahrscheinlich aus Gras geflochten und blau weiß bemalt, ein wunderbares, sicherlich sehr altes Stück südamerikanischer Handwerkskunst.

„Setzt euch!" hatte Chosito mich und Peggy aufgefordert und auf zwei lederne Sitzkissen gedeutet. „Ich werde euch, insbesondere dir, Adam, jetzt einiges über schamanisches Reisen erzählen, bevor vor anfangen können. Es ist wichtig, sich genau an einige Vorgaben zuhalten. Wir nehmen Kontakt zu Kräften auf, die älter sind als wir uns vorstellen können. Wir legen sozusagen die Hand an die Wiege des Lebens.

Zuerst einmal, Adam, ist es wichtig, dass du Kontakt zu deinem Krafttier aufnimmst. Dies wird sich dir während der Reise zeigen. Es ist wichtig, dass du ganz feste den Wunsch mit auf die Reise nimmst, dein Krafttier zu treffen. Nur dann wird es sich dir zeigen. Du wirst dazu in deinen Gedanken in einen dunklen Wald gehen, bis du auf eine Lichtung triffst. Mache es dir in der Mitte der Lichtung bequem und warte ab. Da es dein erster Besuch in der unteren Welt und bei deinem Krafttier ist, wird es noch scheu sein. Sei ganz still und achte auf jede Bewegung, jedes Geräusch."

Dann hatte er warnend den Zeigefinger gehoben, um dem nächsten Satz noch mehr Bedeutung zu verschaffen. „Aber achte auf alle Tiere, die sich dir von hinten nähern oder die rotglühende Augen haben. Diese Tiere sind böse und keinesfalls ist eines davon dein Krafttier. Verbiete ihnen energisch jede weitere Annäherung und schicke sie bestimmt in den Wald zurück. Sie werden dir gehorchen und sich zurückziehen.

Dein Krafttier wird scheu, aber freundlich sein und sich von vorne nähern. Daran kannst du erkennen, dass es dir wohlgesonnen ist."

Etwas mulmig war mir schon geworden, bei dem Gedanken, irgendwo in meinem Rücken könne nachher ein Tier mit roten Augen auf mich lauern, ohne dass ich es bemerkte. Aber ich hatte nur genickt und Chosito war fortgefahren: „Begrüße dein Tier freundlich und danke ihm für sein Kommen. Wundere dich bitte nicht über sein Aussehen. Es kann ein Wolf, ein Biber, eine Schlange sein, aber auch ein Wal, ein Delphin oder ähnliches. Auch wenn du dich im Wald befindest, dort gelten andere Regeln als hier. Nimm es hin!

Dann bitte dein Tier, dir seine Welt zu zeigen. Wie auch immer, laufend, reitend, fliegend, folge ihm, lasse dich treiben. Wenn du an einen Ort gelangst, an dem es für dich nicht mehr weitergeht, bitte dein Tier um Hilfe. Wenn es sie dir nicht geben kann oder will, ist dieser Ort für dich im Moment nichts oder es wird Zeit zur Rückkehr."

Chosito hatte mit den flachen Händen auf eine der Trommeln geschlagen, um wieder meine Aufmerksamkeit zu bekommen. Ich war schon in Gedanken vorgeeilt.

„Während der Reise wirst du auf dem Boden liegen, ich werde die Trommel schlagen. Höre, dies ist der Takt."

Sehr schnell hatte er die Trommel geschlagen, irgendwie hatte ich an meine Diskozeiten denken müssen.
„Dies ist die ‚Reisegeschwindigkeit', mein Freund." Hatte er mit einem Lachen erklärt. Etwa zwei Schläge pro Sekunde. Dies ist die Geschwindigkeit, die zu einem veränderten Bewusstsein führt und dir so den Weg freimacht. Wenn die Reisezeit vorbei ist, werde ich den Rhythmus ändern. Das wird das Zeichen für dich zum Aufbruch sein. Verabschiede dich bei deinem Tier und gehe auf dem gleichen Weg, den du gekommen bist, zurück."

Der Reverend hatte gerade Luft geholt, um etwas zu sagen, aber Chosito war schneller gewesen. „Wichtig ist natürlich der Weg, auf dem du unterwegs bist. Das hatte ich noch nicht gesagt.

Wenn die Trommel einsetzt, werde ruhig, sammle dich, aber bleibe bei dir. Dann gehe in die ‚untere Welt'. Ach ja. Wir unterschieden die ‚untere Welt' und die ‚obere Welt'. In der unteren Welt triffst du auf deine Krafttiere. In der ‚oberen Welt' findest du deinen, oder deine, Lehrer. Geistwesen, die dir Rat in schwierigen Lebensfragen geben können. Sie haben direkten Kontakt zum höchsten Wesen. Hierhin solltest du nur reisen, wenn es wirklich erforderlich ist. Die Wesen entscheiden dann selbst, ob sie sich dir zeigen oder nicht."

Während er einige Räucher-Utensilien zusammensuchte, hatte der Mexikaner dann weitererzählt. „Nun aber wirklich zurück zum

Anfang der Reise. Du bist also entspannt, nimmst dir vor, in die ‚untere Welt' zu reisen. Das ist wichtig. So eine Art Fahrkartenlösen. Während der Schlag der Trommel dich umgibt, gehst du gedanklich, also noch bewusst, an einen Ort deiner Wahl. Wichtig ist, dass du von dort aus nach unten gehen kannst. Wie auch immer, treppab, in eine Höhle klettern, in einen Brunnen steigen, deiner Phantasie sind keine Grenzen gesetzt.

Steige immer weiter hinab, überwinde, wenn möglich, Hindernisse, die sich dir in den Weg stellen, gehe hinab, bis du an einen merkbaren Endpunkt gelangst. Hier, möglicherweise in dem eben erwähnten Wald, wartest du auf dein Krafttier.

Und wenn wir noch länger warten, werden alle Krafttiere wahrscheinlich schon am Lagerfeuer sitzen und singen, und keiner wird mehr kommen und uns abholen."

Am Zucken meiner Augenbraue hatte er wohl gemerkt, dass ich das ernst genommen hatte, jedenfalls hatte er lauthals losgelacht. Na ja, ich konnte auch mit einem hochroten Kopf reisen, warum denn nicht?!

Es war ein überwältigendes Erlebnis gewesen, diese schamanische Reise. Anfangs hatte ich Schwierigkeiten gehabt, gedanklich bei mir zu bleiben und den Weg nach unten zu finden. Aber bald war alles wie von selbst gegangen. Ich hatte mir vorgestellt, mich durch einen Gesteinsspalt zu quetschen, aus dem Licht nach oben schien. Als ich endlich darin gewesen war, hatte sich mir eine große, von Lagerfeuern erhellte Höhle geöffnet. Hier hatte ich dann gewartet, bis eine Schildkröte sich langsam vom Boden erhoben hatte und mich freundlich anlächelte. Ich hatte sie vorab für einen Stein gehalten gehabt, so perfekt war ihre Tarnung.

Wie Chosito mir später erzählt hatte, ist die Schildkröte ein Symbol für uraltes Wissen, Beständigkeit und Unsterblichkeit.

Nach einem sehr langen Abend, der mich überaus nachdenklich gemacht hatte, waren wir dann zur Pension zurückgegangen. Peggy und ich.

Als wir die Außentür öffneten, war uns angenehmer Essensgeruch entgegengeschlagen. Mrs. Pierson war aus der Küche gekommen und hatte sich gerade die Hände an der Schürze abgetrocknet, als Peggy ganz trocken gesagt hatte: „Mhhhm, Tantchen. Schildkrötensuppe, wie lecker. Ist sie schon drin oder kannst du sie Adam noch zeigen?" Wie vom Höllenhamster gebissen war ich in die Küche gestürzt, den Mantel noch halb angezogen, die Schuhe an, nass, matschig. Mit etwas viel zu viel Schwung hatte ich die Türe aufgerissen, in der vermeintlichen Hoffnung, einen Verwandten meines neu gefundenen Krafttieres vor dem sicheren Tode retten zu können. Was ich allerdings nicht mehr hatte retten können, war ein Teil des Hochzeitsgeschirrs von Tante Ellen. Dies wurde durch den Besen, der hinter der Tür lehnte, aus seiner Position im Regal gehoben, flog kurzzeitig durch den Raum und kegelte dann in eine Ecke. In Hunderte von Teilen zerlegt.

Mrs. Pierson hatte nur kreidebleich in der Tür gestanden, ziemlich entsetzt ausgesehen und war zu keinem Wort mehr fähig gewesen. Peggy hatte sich als erste wieder gefangen habt, ihr war der missglückte Scherz im Halse stecken geblieben. Sie hatte mich wortlos aus der Küche geschoben, hinauf in mein Zimmer. Dann war sie wieder in die Küche hinuntergegangen. Endlose Minuten war verstrichen, bevor ich von dort das Geräusch aufgefegter Scherben hatte hören können.

Etwas später war Peggy dann zu mir gekommen und hatte nur gesagt: „Du solltest heute besser nicht mehr runtergehen. Sie hat sehr an diesem Service gehangen. Aber wir bringen das wieder in Ordnung."
Als ich den Mund geöffnet hatte, um zu fragen, wie das denn gehen sollte, hatte sie mir ihren Zeigefinger auf die Lippen gelegt und nur „schhhht" gesagt.

Am nächsten Morgen hatte ich vor dem Frühstück noch einen Blumenstrauß in der Stadt besorgt und mich ganz herzlich bei Mrs. Pierson für mein etwas trampelhaftes Auftreten entschuldigt. Sie war noch etwas reserviert gewesen, aber keineswegs mehr so steif und explosionsgefährdet wie am Vorabend.

Das Geschirr hatte wie ehedem im Regal gestanden. Ich hatte mich nicht zu fragen getraut ...

Schnee von gestern!

Heute ist Tante Ellen wirklich wie eine Tante zu mir. Und das liegt nicht nur an Weihnachten. Irgendwie scheint ein unsichtbarer Bann zwischen uns gebrochen zu sein. Angesteckt von ihrer Freude und Geschäftigkeit gehe ich ihr zur Hand.

„Adam, mein Lieber, sei so nett und decke die Tische!", ruft sie aus der Küche heraus. „Das Geschirr aus dem Schrank direkt neben dem Kamin!"

„Ich wusste gar nicht, dass dort auch Geschirr gelagert wurde, bislang wurden die Tische immer mit dem Geschirr aus der Glasvitrine aus Kirschbaumholz eingedeckt. Nun ja, mal sehen, was sie da bisher vor den Gästen versteckt hat.

Der Schlüssel dreht sich schwer im Schloss, müsste mal geölt werden ...

Ein besonders feines Service hatte ich erwartet, vielleicht mit Goldrand belegt, filigran, hauchdünn. Aber das was mir aus dem Dunkel des Kaminschrankes entgegen staubt ist mehr ein Sammelsurium von verschiedenen Gedecken, eher eines Flohmarktes würdig. Zumindest auf den ersten Blick.

Auf den Blick hat schon jeder Teller, jede Tasse etwas Besonderes. Sie sind einzigartig. Vergeblich suche ich nach einem „Meißen" – Stempel oder einem ähnlichem Aufdruck.

„Sie sind alle handgemacht, Einzelstücke!", ruft es aus der Küche. „Sei vorsichtig damit!"

Danke für die Antwort ....

„Decke sie bitte so, dass immer drei an einem Tisch sind! Welche du zusammenstellst, ist egal. Es wird richtig werden."

Wenn das so weitergeht, soll sie das doch besser selber machen, denke ich, und warte auf deine protestierende Antwort aus der Küche.
Nichts kommt.
Irgendwie hatte ich schon das Gefühl, Tante Ellen spioniert meine Gedanken aus.

Eine leises Pfeifen ertönt aus der Küche. Tante Ellen pfeift ein paar Tonfolgen auf und ab. So wie ich damals, wenn ich bei einer Dummheit ertappt worden war.

Na ja, an Zufälle glaube ich schon lange nicht mehr. Ich werde sie nachher einmal darauf ansprechen.

Gerade als ich ein sehr buntes Gedeck zum Tisch am Fenster herübertrage, frage ich mich, wem das wohl gehören mag. Es sieht fast nach einem Kindergedeck aus.

Ich setzte mich auf den Stuhl am Tisch und versuche, meinen Kopf frei zu machen für die Antwort auf meine Frage. Ein leichter Luftzug geht durch den Raum.

*

Da sitze ich plötzlich irgendwo an einem kleinen Fluss. Unsichtbar für das Mädchen und den Jungen, die dort spielen. Nein, sie spielen gar nicht, sie unterhalten sich.

„Erzähl weiter, Joshua!" spornt das Mädchen den Jungen an. Er ist blond, etwa 14 Jahre alt, trägt eine graubraune Lederhose, ein rotkariertes, kurzärmeliges Hemd. Mit der rechten Hand fährt er durch sein Haar.

„Sonja, das war unheimlich! Aber auch unheimlich schön. Es hat mir Angst gemacht und mir ganz viel Vertrauen gegeben. Alles zusammen."

Sonja, etwa 12 Jahre alt, mit zwei langen, schwarzen, geflochtenen Zöpfen scheint recht ungeduldig zu sein. Sie stupst ihn an. „Weiter!"

„Also, ich hatte keine Lust, wie du gesagt hattest, die CD mit der Trommel zu hören, ich wollte lieber draußen sein. Genau hier war ich.
Und ich dachte, das geht auch so, dass ich meine Krafttiere treffe. Die Indianer konnten ja auch nicht einfach trommeln, wenn sie mitten beim

Anschleichen oder so einen Rat von ihrem Krafttier haben wollten."

Er beißt von einem roten Apfel und erzählt kauend weiter. „Es ging auch ganz schnell. Ich habe die Augen zu gemacht und mein Krafttier gebeten, zu kommen. Irgendwann war dann der Wolf da. Er nahm mich mit in die weite Prärie und hat mir dann eine Pflanze gezeigt, die ich für Großmutter besorgen soll. Damit sie wieder schnell gesund wird. Sassafrass heißt sie, oder so.

Dann machte ich die Augen auf und saß wieder hier. Er war schon ganz dämmerig geworden. Irgendwie fand ich das alles doch etwas merkwürdig. Ich wusste nicht so recht, ob ich das alles glauben sollte. So eine schamanische Reise war einfach neu für mich. Und ich hatte es ja auch nicht so gemacht, wie du gesagt hattest."

Wie um Verzeihung bittend nimmt er Sonjas Hand und schaut ihr in die Augen.

"Schließlich sagst du selbst ja auch immer, ich habe eine blühende Fantasie."

Sonja nickt und beißt von seinem Apfel. „Weiter!"

„Na ja, und dann habe ich laut gesagt: Wenn das alles eben wahr war, dann soll da drüben am anderen Ufer ein Licht angehen. Du sagst ja immer, Sonja, in der Anderswelt ist alles möglich!

Und dann war da diese Stimme in meinem Kopf: ´Wenn wir da wirklich ein Licht anmachen würden, du würdest doch schreiend weglaufen!`

Und das stimmt, das hätte ich getan! Also sagte ich verschämt „ja". Dann nahm irgendwer Unsichtbares meine Hände und es fühlte sich sooo gut an. Als wenn warmes Vertrauen eingeschüttet würde. Als wenn ich gar nicht alleine wäre.

Dann hatte ich das Gefühl, dass es vorbei war.

Und dann, und dann ..."

Der Junge springt aufgeregt hoch, reißt das Mädchen mit. Ihre Zöpfe wippen.

„*Dann ging daaa ein Licht an!"*

Er zeigt auf das andere Ufer.

Ich folge seinem Fingerzeig und schaue an den Kindern vorbei auf das gegenüberliegende Ufer. Eine nette Geschichte, die Joshua da erzählt hat. Vor ein paar Wochen noch hätte ich sie einer blühenden, kindlichen Phantasie zugeschrieben, aber heute sehe ich das anders. Es war eine Botschaft, die der Junge bekomme hatte. Sie hieß ‚Vertrauen'.
Und natürlich war sie nicht erfunden oder gar gelogen, um seine Freundin zu beeindrucken, sondern sie war wahr.

Wahr, auch so ein interessantes Wort. Wahrnehmung. Das, was ich wahr nehme. Das, was ich für wahr nehme. Unsere Augen nehmen in einer Sekunde Millionen von Informationen auf, unser Gehirn kann gerade einmal 10.000 davon verarbeiten. Eine „gesunde" Mischung aus Erfahrung, Gewohnheit oder auch Neugier sorgt dafür, das herauszufiltern, was wir wahrnehmen. Wahr nehmen. Interessant ...

„Glaubst du mir?", fragt Joshua zaghaft. „Das ist wirklich wahr. Da brannte plötzlich ein Licht."

„Natürlich glaube ich dir!", antwortet Sonja mit fester Stimme. Wenn du sagst, dass da ein Feuer war, dann ist das wahr. Alles ist wahr, was wir als wahr annehmen können." Sie fasst ihn an der Schulter und dreht ihn in meine Richtung, weg vom Ufer.

„Lass uns nach Hause gehen, ich habe Hunger", sagt Sonja dann. Noch einmal blickt sie zurück zum gegenüberliegenden Ufer, macht eine lässige Handbewegung in die Richtung, in die auch Joshua gedeutet hatte und sofort flammt dort ein helles Licht auf. Wie eine aus dem Boden gewachsene Fackel.

Sie lächelt verschmitzt, wissend, und schaut mich dabei an. Sie lächelt mich an?! Kann sie mich sehen?!

*

„Natürlich kann ich dich sehen!" Tante Ellen lächelt mich verschmitzt an, mit einem Lächeln, dass ich eben noch in einer ganz anderen Umgebung wahrgenommen hatte.

„Warum sollte ich auch nicht?! Du stehst doch direkt vor mir. Nun aber genug geplaudert. Ich hoffe, ich habe dich mit dem Tischdecken nicht überfordert. Du bist noch nicht sehr weit gekommen."

„Entschuldige bitte, Tantchen", antworte ich schnell, „ich war in Gedanken. Aber jetzt lege ich los."

Während Tante Ellen wortlos den Kopf schüttelnd wieder den Raum verlässt, lasse ich Teller und Tassen auf die Tische fliegen. Natürlich nicht! in Wahrheit. Das traue ich mich nicht.

Eine bauchige Tasse mit dem Bild des Eifelturmes darauf fällt mir auf, während ich vom Schrank zu den Tischen und zurückeile. Der Turm ist gemalt wie ein großes A und bildet offenbar den Anfangsbuchstaben der Besitzerin: Arwenne.

Aha! Meine Chance, aufzutrumpfen.

„Kommt Arwenne eigentlich heute auch?", rufe ich betont unschuldig in Richtung Küche. Aber anstatt der von mir erwarteten Frage `Woher weißt du das denn?', kommt nur ein knappes ‚Nein' von dort.

„Sie ist schon da!" haucht direkt hinter meinem Kopf eine dünne Stimme, der Luftzug streicht durch mein Haar und an mein Ohr. Es fröstelt mir eiskalt den Rücken herunter. Wo kam das denn her?

Etwas zu abrupt drehe ich mich um und stoße mit meiner Nase an eine der niedlichsten Nasen, die ich je gesehen habe.

„Bonjour, ich bin Arwenne. Ich wollte dich nicht erschrecken", formen zwei sehr dünne Lippen eine Entschuldigung. Spontan öffnet sie die Arme und ich drücke ihr einen dicken Kuss mitten auf den leicht gespitzten Mund. Viel zu spät merke ich, dass ich die typische französische Umarmung mit einem Wangenküsschen rechts und links wohl etwas unterwandert habe.

Die Erde tut sich auf und verschlingt mich!

Nein, leider nicht. Ich muss wohl selbst sehen, wie ich aus dieser peinlichen Situation wieder herauskomme.

„Ach, ihr habt euch schon bekannt gemacht!", bemerkt zu allem Überfluss nun auch noch Peggy aus der halb geöffneten Tür heraus und verschwindet sofort wieder in den Flur.

Arwenne lächelt. Steht einfach nur da und lächelt. Da sich für mich die Erde nicht auftun will, reagiere ich prompt.

Ich lächle ...

„Alors, du bist tatsächlich etwas merkwürdig. Ich freue mich sehr, dich kennen zu lernen." Ihr Englisch ist flüssig, aber es schwingt dieser wunderbare französische Akzent mit, den ich so liebe.

„Ich freue mich auch, dich endlich mal zu treffen", antworte ich mit einer plötzlich wiedergewonnenen Fassung. „Du erinnerst mich an das Mädchen vom Fluss", höre ich mich sagen, noch bevor ich es gedacht habe. Und noch bevor ich einen weiteren Gedanken fassen kann, flüstert sie leise: „Ich weiß."

Während sie zum Schrank geht, um mir bei den letzten Handreichungen zu helfen, fügt sie noch hinzu: „Nous sommes tous uns. Wir sind alle eins, nicht wahr?!"

Das Vorbereiten der Tische geht nun viel schneller von der Hand, wie beiläufig unterhalten wir uns über unsere bisherigen Erlebnisse. So, als wären wir alte Freunde, die sich nur ein paar Jahre aus den Augen verloren hatten.

„Dein Sternzeichen ist also der Wolf?", fragt Arwenne, mit einem Blick über die fertig gedeckten Tische, der an der Tasse rechts von ihrem Gedeck haften bleibt.

Tatsächlich steht die Tasse, aus der ich meinen Nachmittagstee immer zu trinken pflegte, auf dem Tisch mit ihrer Eifelturmtasse. Ich zucke nur die Schulter.

„Virgo!", sage ich, ausweichend die lateinische Bezeichnung benutzend, da „Jungfrau" mir irgendwie gar nicht über die Lippen kommen wollte.

„Und du musst Turm sein ...", deute ich verschmitzt auf Arwennes Tasse. Sie erwidert mein Lächeln, wirft den Kopf in den Nacken und lässt ihre Haare ausbaumeln. Ihre gelbblauen Augen leuchten.

„Fast, ich bin die, die auf dem Turm sitzt. Ich bin die Krähe. Wenn man das uns bekannte Horoskop einfach so auf das indianische Horoskop umrechnet. In Wahrheit ist es alles viel komplizierter, mit den Totems, den vier Winden, und so. Aber warum erzähle ich dir das alles?!"

Ich nicke nur kurz, freue mich, dass ich tatsächlich vor Kurzem ein Buch über indianische Horoskope gelesen habe und somit im Stoff bin. Und, dass sie in mir einen gleichwertigen Gesprächspartner sieht.

„Allerdings habe ich nie viel auf die ganze Zukunftsdeuterei gegeben", ergänze ich noch. „Da bin ich mit den Indianern einer Meinung. Es handelt sich um ein Geburtshoroskop, dass unsere Fähigkeiten und Gaben beschreibt, aber uns alle Möglichkeiten lässt, wie wir damit umgehen. Die Zukunft ist nicht vorgeschrieben."

„Das sehe ich genauso. Dann wollen wir mal sehen, was uns der restliche Tag noch bringt. Und was wir daraus machen."

Ich nicke zustimmend und kratze mich verlegen an meinem Wollpullover. Ich fühle mich wohl in Arvennes Umgebung und trotzdem verspüre ich ein Unbehagen. So, als wenn da etwas ist, was nicht sein soll. Ein Schuldgefühl. Vielleicht wegen Peggy?! Oder Eve?

Arwenne lässt mir allerdings keine Zeit, mein Unbehagen zu vertiefen. In Windes Eile sortiert sie das gesamte Geschirr auf den Tischen um. Während sie noch mit Tellern und Tassen von dem Tisch am Fenster zum Kamintisch balanciert greife ich mir das Geschirr, das ich zu der Eifelturmtasse sortiert hatte und stelle wieder alles an den Tisch, an dem auch mein Becher steht. Sie kann sich doch nicht einfach an einen anderen Tisch setzen?!!
Aus dem Augenwinkel sehe ich sie hinter einem vorgehaltenen Teller breit grinsen. War das alles nur, um mich zu ärgern? Oder zu verunsichern?

Als ich mich zurückdrehe, steht Peggy wieder in der Tür, die Arme verschränkt. Ihr Gesicht ist nicht zu deuten. Draußen am Fenster steht Tante Ellen und schaut hinein.
Draußen!
Am Fenster!

Winter!
Schnee!
Hallo!

Ich fühle mich beobachtet wie ein Tier im Zoo.

Während Arwenne sich leise aus dem Zimmer herausschleicht, nicht ohne mich noch mit einem spitzen Finger an der Schulter zu berühren, stapft Tantchen laut durch die Eingangstür. Sie hält ein Gitter vor dem Gesicht und lacht. „Das ist mir heute Morgen runtergefallen, als ich auf dem Dach war. Wollte es lieber wieder hochholen, bevor der Schnee es endgültig zudeckt." Sie schüttelt den Schnee von der Schürze und stapft wieder in die Küche.

„Es wird Zeit, dass wir dich aus deinem Käfig befreien", flüstert Peggy mir zu. „Zieh dich an, wir machen einen Spaziergang." Und noch bevor ich so richtig bei mir bin, stehe ich schon in Mantel und Handschuhen neben Peggy auf dem Weg vor dem Haus.

„Wir wollen einmal nach Dr. Gordon schauen. Er ist für den Christbaum verantwortlich. Vielleicht können wir ihm beim Aussuchen helfen."

‚**Wir** wollen?' wollte ich ihr antworten, aber ich lasse es dabei bewenden. Natürlich gehe ich gerne mit ihr zu Dr. Gordon. Egal wohin. Durch Schnee und Eis und jede Wüste. Wenn sie nur dabei ist. Nach etwa 100 Metern biegen wir links ab. Die Straße sieht hier nicht mehr so typisch britisch aus wie Tante Ellens Straße. Die schönen Steinmauern, die die Grundstücke abgrenzten, fehlen. Auch ist kein einziges B&B-Schild zu sehen. Der Schnee scheint hier auch stärker gefallen zu sein als weiter unten, die Straße gleicht einem weißen Bettlaken.

Jetzt setzt wieder ein starkes Schneegestöber ein, ich ziehe die Mütze tiefer ins Gesicht und Peggy näher zu mir heran. Die Wärme ihrer Hand ist auch durch die Handschuhe zu spüren.

Knapp zehn Minuten sind wir so unterwegs. „Da hinten ist es", weht mir der Wind Peggys Worte ins Ohr. Zusammen mit einigen ekelig kalten Schneeflocken. Das ist nicht mein Wetter!

Ich schaue in die Richtung, in die Ihre Hand deutet. Ein roter Bommel baumelt von ihrem Handschuh im Wind. Vollgeschneit wie er ist sieht er fast aus wie ein Nikolaus mit weißem Bart. In der Verlängerung ihres Zeigefingers sehe ich dann auch das Haus.

Dicker, weißer Rauch kräuselt sich aus dem Schornstein und steigt steil in die klare, kalte Luft. Es schneit nicht mehr, aber es ist noch mehr Schnee gefallen. Die Sonne scheint glitzernd über die Schneedecke und die dicken, dunklen Wolken verabschieden sich leise Richtung Landesinnere.

Rings um uns herum liegt nun ein weißer, glitzernder, völlig unberührter Teppich. Hinter uns unsere tiefen Fußeindrücke, vor uns in dem glatten Meer aus Schnee lockt der Hauseingang mit seinem warmen, gelben Licht, das aus der Stube schimmert. Ich habe das Gefühl, dies alles schon einmal erlebt zu haben, aber kann die Fäden irgendwie noch nicht zusammenführen.

„Dr. med. Jesiah Gordon" steht schwarz auf weiß auf dem kleinen emaillierten Schild an dem Tor, das mitten in dem alten Holzzaun den Weg zum Haus für uns frei gibt.

Ein kalter Schauer läuft mir den Rücken hinunter.

„Das ist doch nicht wirklich der Mister Gordon, bei dem wir uns kennengelernt haben? Wie ist der denn hierhin gekommen?" frage ich erstaunt, als wir den Kiesweg knirschend zur Haustür gehen. Peggy schaut mich etwas irritiert an.

„Doch, natürlich ist er das. Er wohnt hier, schon eine Ewigkeit."

„Aber das Haus, das Haus, das ist doch genau das gleiche wie in ..., damals, hinter dem Restaurant, irgendwo zwischen Exeter und weiß-nicht-mehr-wo."

„Mach dich nicht lächerlich, Adam. Nun lass uns erst einmal hineingehen. Wie soll denn das gehen?"

Peggy öffnet, ohne zu klingeln, die große schwere Holztür. Sie ist feinstes Tischlerhandwerk, sicherlich sehr alt und wunderschön verarbeitet. Ein Dornbusch in der Mitte der Tür, dessen Trieb nach außen hin immer umfangreicher wuchert und schließlich in vielen kleinen Rosenknospen mündet.

Das Haus empfängt mich mit einer angenehmen Wärme, der Flur ist in leichtes, flackeriges Licht getaucht, das wohl von den Gaslampen an den Wänden kommt. Gegenüber dem Eingang führt eine dunkle Holztreppe in die obere Etage, hier unten zweigen von dem großräumigen Flur, der mit einem rotbraunen Teppich ausgelegt ist, fünf Zimmer ab. Alle Türen sind geschlossen bis auf die Küchentür. Von hier aus zieht ein Duft nach gebratenem Speck zu uns herüber.

„Jesiah, wir sind da!", ruft Peggy neben mir in Richtung Küche. Ich merke erst jetzt, dass mein Magen knurrt. Ich habe auch noch gar nicht gefrühstückt. Wie konnte ich das vergessen?!

Mr. Gordon kommt aus der Küche gestürmt, nimmt mich feste in den Arm und murmelt: „Adam, Adam".
Dann wendet er sich dann an Peggy, die er zaghaft auf die Wange küsst. Für einen kurzen Moment spüre ich Eifersucht. Und muss an Arvenne denken.

„Bevor wir losgehen, wollen wir uns erst einmal stärken." Mit diesen Worten zieht Mr. Gordon, der jetzt für mich plötzlich Dr. Gordon ist, in die

Küche. „Jesiah!" sagt er und deutet immer wieder auf sich.

„Adam", sage ich matt und deute auf mich. Als hätte ich nicht gewusst, dass seine nächsten Worte sind: „Ich weiß."

Peggy schließt hinter uns die Küchentür. Es riecht nach Speck, Würstchen und Kaffee. Ich setze mich auf den Platz, an dem der gleiche Becher steht, den ich bei bei Tante Ellen auch immer hingestellt bekomme. Jesiah setzt sich an dem kleinen Tisch neben mich, während Peggy zum Herd geht und den Speck und die Würstchen aus der Pfanne auf drei Teller schaufelt.

„Eier gibt es heute leider nicht", entschuldigt sich Jesiah. „Die Hühner hatten gestern bei dem Schnee keine Lust zu legen und die anderen Eier sind alle für die Weihnachtsplätzchen draufgegangen." Er zeigt auf eine stattliche Anzahl von bunten Blechdosen auf dem Regal neben der Spüle. „Ihr dürft sie probieren, wenn wir den Baum gefällt haben."

Der Duft des Gebratenen steigt mir in die Nase, als Peggy sich mir gegenüber hinsetzt und jedem einen Teller hinschiebt.

„Tee?", fragt sie der Ordnung halber aber schüttet ohne eine Antwort abzuwarten jedem den Becher voll. Während die beiden anderen langsam etwas Milch in den Tee geben kaue ich schon mit vollem Mund. Ich war hungriger als ich gedacht hatte.

„Wir müssen nicht weit gehen." Jesiah spricht mit vollem Mund, während er noch einen Löffel Bohnen nachschiebt. Seine Mundwinkel färben sich leicht rot. Vielleicht sollte er doch besser mit geschlossenem Mund essen. Und dann reden.

Während er die Reste der Bohnen mit einem Toastbrot aus der Schüssel tupft und dieses in den offenen Mund schiebt, geht der angefangene Satz tatsächlich weiter. Zwischen Toast und Bohnen erfahre ich, dass er eine besonders schöne Tanne im Wald an der Bucht gesehen hat. Dahin wollen wir gleich gehen, bepackt mit Axt und Säge. Die beiden scheinen eine geradezu kindliche Vorfreude zu verspüren, die ich so recht gar nicht nachvollziehen kann. Unseren letzten Weihnachtsbaum hatten wir in der St Giles' Church gekauft, dort ist zur Weihnachtszeit immer eine Verkaufsausstellung. Man sucht sich seinen Baum aus, fertig dekoriert, und am nächsten Tag wird er auch schon gebracht. Ich habe noch nie einen Baum selbst geschlagen.

„Dann wird es Zeit." Peggy nimmt meinen Gedankenfaden auf und lächelt mich an. „Es gibt immer ein erstes Mal." Hatte ich jetzt laut gedacht? Oder war das Zufall. Jesiah schiebt seinen Stuhl laut kratzend vom Tisch zurück, das Zeichen für den Aufbruch. Ich stürze noch schnell den Rest Tee hinunter, dann stehe ich auch auf. Peggy sammelt behände das Geschirr vom Tisch und stellt es in die Spüle.

„Manchmal", sage ich „habe ich das Gefühl, dass ihr alle immer wisst, was ich denke und dass dies alles schon besprochene Sache ist. Dass ich irgendwie ... ich weiß auch nicht ... von euch an der Nase herumgeführt werde. Es passieren so viele Sachen, die eigentlich gar nicht passieren können. Irgendwie läuft das Fass gerade über."

„Setz dich, Adam." Ich höre die beruhigende, dunkle Stimme von Dr. Gordon direkt hinter mir. Er drückt mich sanft auf den Stuhl. „Wir müssen dir etwas sagen. Das alles hier ist gar nicht real. Du träumst. Vor drei Wochen auf dem Weg nach Coombe Vallye hattest du einen schweren Autounfall und wir haben dich hier im Gebrüder Wright Krankenhaus in ein künstliches Koma versetzt." Er streicht mir sanft über die Schulter. „Dein Gehirn läuft auf vollen Touren, um den Unfall zu verarbeiten und spielt dir daher den einen oder anderen Streich."

„Also doch!" Ich springe auf. „Das kam mir gleich alles so merkwürdig vor. Du, hier, das Haus, Peggy, meine Traumreisen, all die vielen Leute, die ich auf einmal kennen lerne. Das kann doch nicht wahr sein."

Peggy, die sich die ganze Zeit die Hand vor den Mund gehalten hat, schreit auf vor Lachen. „Du bist aber leichtgläubig", prustet sie und kneift mir in den Oberarm. „Ist das nun echt oder nicht?!"

Etwas langsam dämmert mir, dass die beiden mich wirklich gekonnt auf's Glatteis geführt haben. Ja, das stimmt allerdings, manchmal bin ich wirklich zu leichtgläubig.

„Manchmal?" Der Alte zieht zweifelnd die rechte Augenbraue hoch. „Balance, junger Mann, das ist wichtig. Es ist nicht gut, hinter jeder Ecke misstrauisch einen bissigen Hund zu vermuten, dann kommt man gar nicht vorwärts. Aber es ist auch nicht gut, jedem einhundert Prozent Vertrauen zu schenken. Die Erfahrung hast du ja in deinem früheren Leben oft genug gemacht. Erst seit ein paar Wochen bist du nur deinem Gefühl gefolgt. Und, wohin hat dich das gebracht?"

„Hierhin", antworte ich, etwas überrascht, dass Jesiah mir auf meine Gedanken geantwortet hat, „wo anscheinend ihr alle in mir lesen könnt wie in einem offenen Buch." Ich verspüre, trotz des Gefühls der Geborgenheit in dieser kleinen Runde, einen leichten Zorn aufkommen. Nein, Zorn ist nicht das richtige Wort, eher Enttäuschung, Überforderung.

„Dann lass uns besser jetzt losgehen." Dr. Gordon hat bereits eine alte, zerschlissene, grüne Wachsjacke in der Hand, die er behände überzieht. Wirklich sehr flink für sein Alter.

Hat er gerade „Danke" gemurmelt?

Ich beschließe, mich jetzt nicht weiter in Gedanken zu verstricken, sondern aktiv an dem ganzen Geschehen Teil zu nehmen.

Eine grüne Wollmütze rundet die Ausstattung des merkwürdigen Alten ab. Peggy schlüpft in ihre roten kniehohen Lammfellstiefel und zieht ihr Dufflecoat an. Ich bin zu langsam, um ihr in den Mantel zu helfen, aber schaffe es noch, ihr Handschuhe und Mütze zu reichen. Dann schlüpfe ich schnell in Schal, Wolfskin und Handschuhe. Peggy stülpt mir von hinten die Bommelmütze über, die Mrs. Pierson mir geliehen hatte. Dann verlassen wir alle zusammen das Haus.

Am Eingang lehnen, leicht verschneit, eine lange Axt und eine alte Holzsäge. Ich hätte schwören können, dass die vorher noch nicht da waren. Aber, wie war das noch … „Wahrnehmung", das, was ich als wahrnehme.

Während Peggy sich die Säge greift, fliegt die Axt plötzlich auf mich zu. Ich hatte kaum wahrgenommen, dass Dr. Gordon sie aufgenommen und mir entgegengeworfen hatte. Elegant greife ich zu und lege sie wie ein Holzfäller-Profi über die Schulter. Die Beiden drehen sich im gleichen Moment um und grinsen mich freundlich an.

Während wir Richtung Wald durch den Schnee stapfen kann ich nicht umhin, „hei-ho-hei-ho" anzustimmen und Peggy und Jesiah stimmen fröhlich ein. So ziehen wir etwa eine Viertelstunde in den Wald hinein, als die Beiden stehen bleiben.

„So, ab hier geht es für dich alleine weiter." Peggy blickt mir tief in die Augen. „Geh, und komm mit dem Baum wieder. Du wirst wissen, welchen wir meinen. Es ist wichtig, dass du ihn alleine findest. So wirst du auch dich finden."

Während ich noch ungläubig drein schaue, gehen mir Bilder von Peggy durch den Kopf. Ich sehe plötzlich, wie sie in einem Indianerreservat in South Dakota auf Visionssuche geht, drei Tage in der Wildnis lebt, ihrem Krafttier begegnet und auf den Indianer trifft, mit dem Eve jetzt dort unterwegs ist.

„Du kannst es!"

Für mich ist das jetzt der Moment, an dem ich meinem Leben einen neuen Wert geben möchte. Ich frage nicht, überlege nicht, sondern vertraue. Ich vertraue Peggy, die mich erwartungsvoll anlächelt, ich vertraue Jesiah, der gerade eine Augenbraue hochzieht und in das wiedereinsetzende Schneegestöber blickt.

Und ich vertraue mir! Meiner eigenen inneren Kraft, die ich so lange nicht mehr wahrgenommen hatte.

Mit einem eleganten Ruck ziehe ich meine Bommelmütze tiefer über den Kopf, damit die Ohren warm bleiben, schnappe die Axt und die Säge, die der Alte mir entgegenhält, und stapfe los, in die weiße Wand aus Schneeflocken hinein.

Ich muss verrückt sein.

Wind kommt auf. Die Schneeflocken fliegen jetzt fast waagerecht durch die Luft, verwirbeln zu wunderschönen Mustern direkt vor meinen Augen. Ein Blick nach hinten, meine beiden Gefährten kann ich nicht mehr sehen. Ich stapfe weiter, ohne Scheu. Ein herrliches Gefühl, so mitten im Wetter zu sein, nicht nur Beobachter. Ich schmecke die Schneeflocken auf meiner Lippe. Leicht salzig, bilde ich mir ein.

Als mir nach einigen Metern bewusst wird, dass ich noch Axt und Säge in der Hand halte, hört das wilde Schneetreiben fast schlagartig auf. Etwa einhundert Meter vor mir kann ich, noch von tanzenden Schneeflocken umspielt, einen Wald ausmachen. Fichten oder Tannen. Dahin wird mein Weg mich also führen, da wartet der Weihnachtsbaum auf mich.

Auf halber Strecke sehe ich eine Hütte, in den Schnee geduckt, kaum wahrnehmbar. Ich muss blinzeln, um Einzelheiten zu erkennen, zumal jetzt auch die Sonne sich an den Wolken vorbeischiebt und mir eine glitzernde, wunderschön weiße Schneelandschaft zeigt. Nur eine einzige Spur ist zu sehen, sie führt von mir aus gesehen von rechts zur Hütte.

Ob Peggy oder Jesiah sich dort hingeschlichen haben? Ich gehe langsam näher an die Hütte heran, nicht, ohne mich ein paar Mal nach hinten umzudrehen. Ich hinterlasse Fußspuren. Uff!

Jetzt kann ich die Spuren deutlicher erkennen. Es sind keine Fußspuren, es müssen Spuren eines Tieres sein. Ich schmecke Adrenalin auf der Zunge. Meine Sinne sind geschärft.
Ich bin bereit, wegzulaufen.
Oder zu kämpfen!
Oder vielleicht einfach erst einmal abzuwarten.

Ich gehe weiter auf das Haus zu, die Tür fest im Blick. Einen guten Meter rechts vom Haus endet die Spur im Schnee. Ich öffne vorsichtig die Tür, die erstaunlich leise aufschwingt.

Der Raum ist in dämmeriges Licht getaucht, das meiste Licht fällt durch das offene Fenster rechts herein. Dort liegt auch etwas herein gewehter Schnee.

Und ein Wolf.

Er hat kurz den Kopf gehoben, als ich die Tür geöffnet habe, und ihn dann wieder beruhigt auf seine Pfoten abgelegt.

„Willkommen!", sagt er und ich schrecke zurück.

Hat da tatsächlich der Wolf mit mir geredet? Das bilde ich mir bestimmt nur ein. Ein Wolf, der redet, verrückt! Entweder der Wolf, oder ich.

Ich mache zwei Schritte zurück und gehe noch einmal aus dem Haus und schließe die Tür hinter mir. Mir ist heiß. Ich fühle den Türrahmen, der ist aus Holz. Ich bücke mich, greife in den Schnee. Eiskalt und nass! Dies ist also kein Traum. Na gut! Ich lasse mich darauf ein. Und wenn ich mir das alles nur einbilde, werde ich auch nur in meiner Einbildung gefressen. Das tut bestimmt nicht so weh, wie in Wirklichkeit.

Ich öffne die Tür wieder vorsichtig und spähe in das Haus. Der Wolf zieht die linke Augenbraue hoch. Ein hellblaues Auge blinzelt mich an. Ich setze mich auf den Stuhl neben dem Kamin und frage mich, was ich überhaupt hier soll. Ich stehe noch einmal auf und gehe aus dem Haus. In der Ferne sehe ich am Himmel noch die dunklen Wolken, die das Schneegestöber gebracht hatten.

Über dem Haus ist der Himmel strahlend blau, ein leichter Wind weht noch vereinzelte Schneeflocken von den Tannen durch die Luft. Links vom Haus entdecke ich aus dem Augenwinkel unter einer Plane einen Haufen Holzstücke. Ich werde sie erst einmal vom Schnee befreien und mir dann ein warmes Feuer machen.

Eine gute halbe Stunde bin ich damit beschäftigt, die Scheite zu hacken und sauber zu stapeln. Als ich mir den Schweiß von der Stirn wische, sehe ich den Wolf. Er liegt auf der kleinen Terrasse und hat mir wohl schon die ganze Zeit beim Holzhacken zugeschaut. Irgendwie muss ich an Kevin Costner und den Film „Der mit dem Wolf tanzt' denken.

Ich schleppe die Holzscheite mit dem bereitstehenden Korb in das Haus, dort werde ich mich erst einmal einrichten. Der Baum kann warten.

„The tree can wait" ... ein schöner Titel für einen Film. Einen Film, von Einem, der auszog, um ... ja, was zu lernen? Nicht das Fürchten. Eher das Fühlen. Ein Film über jemanden, der sich, spät, aber zur rechten Zeit, langsam in sich selbst wiederfindet. Nicht in den Anforderungen und Vorstellungen der Anderen.

‚Das Geheimnis der sieben Sonnenblumenkerne'. Das Buch hatte ich Eve geschenkt, bevor sie sich auf die Reise nach South Dakota machte. Ein Buch, das sieben Sonnenblumenkerne enthielt und quasi eine Reiseanleitung auf dem Weg zu sich selbst. Einen Sonnenblumenkern sollte man an den Ort pflanzen, der für einen der schönste der Welt ist. Meinen würde ich eindeutig heute und hier pflanzen.

Wie es Eve wohl geht? Wo sie ihren Kern wohl gepflanzt hat?
Ich fange an, es mir in meiner Hütte gemütlich zu machen, schüttele den Staub von den Vorhängen, öffne alle Fenster um den muffigen Geruch heraus zu jagen. Mit einem Reisigbesen fege ich den Staub vom Fußboden zur Tür heraus. Der Wolf liegt in seiner Ecke und schaut mir zu.

Die Hütte scheint wohl hin und wieder von Wanderern genutzt zu werden, sie ist mit dem Wichtigsten ausgestattet und hat auch einen kleinen Vorrat an Lebensmitteln in dem kleinen Küchenschrank: Nudeln, Reis, Tomaten in Dosen und ein paar Dosen ohne Etikett. Fließendes Wasser und Strom gibt es nicht.

Als das Feuer im Kamin prasselnde Wärme durch die Hütte wabern lässt, schlage ich die Bettdecke hoch. Rotgelbe Schatten tanzen an den Wänden, das Holz knistert behaglich und ich spüre eine große Müdigkeit. Draußen beginnt es bereits zu dämmern. Der Tag schließt langsam seine Augen und ich werde es ihm gleichtun. Die Bettwäsche riecht erstaunlich frisch, vielleicht liegt es an dem Säckchen Lavendelblüten im Bett.

Ich ziehe meine Stiefel aus, die Jacke hatte ich schon beim Aufräumen an die Tür gehängt, werfe Hose und Pulli über den Stuhl und schlüpfe in das Meer von Lavendelblütendaunen. Das Kopfkissen ist dick und weich. Während sich in meinem Kopf tausende Gedanken und Bilder wie in einem schnell abgespulten Film ein Stelldichein geben gleite ich tief in das Kissen und einen Schlaf, so süß und golden wie Honig.

*

Ausgeruht und angereichert mit wunderbaren Träumen und vielen Gedanken für und über mein Leben werde ich wach. Die Sonne leckt mein Gesicht.

Nein! Es ist der Wolf. Jetzt erst bemerke ich, dass es ein braunes und ein blaues Auge hat. Ich fühle eine besondere Zuneigung zu dem Tier und genau so wenig Scheu ihm gegenüber wie er mir gegenüber zeigt.

Einem Impuls folgend öffne ich die Tür. Der Wolf hechtet an mir vorbei in den Schnee, Richtung Wald. Er hinterlässt seine Spuren im Schnee. Ich blicke ihm nach, bis ich ihn nicht mehr sehen kann.

Der Tag ist klar und hell, nach dem Frühstück werde ich die Gegend erkunden. Irgendwann werde ich ja noch einen Baum fällen müssen. Wenn es an der Zeit ist.

Ich spüre und genieße eine ungeheure Zufriedenheit in mir. Ich bin hier und jetzt an diesem Ort, alles vorher und nachher ist mir mit einem Mal unwichtig. So sieht ein zufriedenes Leben aus. Dabei ist es weder die Einsamkeit, das Fehlen von Stress und ungelösten Aufgaben, es ist einfach mein inneres Gefühl, bei mir zu sein. Ich wünsche mir, das für immer bewahren zu können.

Jetzt verstehe ich auch, warum ich in der letzten Zeit so viele faszinierende Leute getroffen habe. Sie haben mich mit ihrer eigenen Zufriedenheit angezogen und ‚angesteckt'.

Ich muss noch einmal an die sieben Sonnenblumenkerne, bzw. die sieben Richtungen im Leben denken.

Hinter mir. Vor mir. Rechts. Links. Oben. Unten. Wir sind völlig überfordert, wenn wir uns in jede Richtung bewegen wollen, wählen müssen, wohin wir wollen. Wenn wir noch in der Vergangenheit verhaftet sind oder gedanklich schon in der Zukunft leben. Morgen ist genauso weit weg wie nächstes Jahr.

Innen! Die siebente Richtung. Das ist das, wo wir zuhause sind und von wo aus die Energie uns mit allem verbindet und alles mit uns verbindet.

Jetzt! Ich ziehe mich an und folge den Spuren des Wolfes. Mal sehen, was der Tag mir bringt. Ich brauch erst einmal etwas Bewegung, dann ein leckeres Frühstück. Ei und Schinkenspeck wäre schön. Und Bitterorangen-Marmelade.

Unter mir knirscht der Schnee plötzlich laut. Ich bin wohl auf einen kleinen Bachlauf geraten, der zugefroren ist. Mein rechter Stiefel sinkt leicht in das Wasser ein, das Rinnsal war nicht tief. Die Spur des Wolfes habe ich längst verloren, ich gehe einfach, wohin mich der Weg gerade treibt. Als die Sonne ihren höchsten Stand erreicht hat, beschließe ich, zurück zu gehen. Hunger macht sich im Magen breit, dort, wo jetzt eigentlich ein leckeres Frühstück liegen sollte.

Wo bin ich eigentlich?

Eine Fahne Rauch kräuselt sich hinter dem Wald zur Rechten in den blauen Himmel. Bestimmt eine Farm. Ich werde dort nach dem Weg fragen.

Wohin eigentlich?

Vielleicht ist den Besitzern ja Dr. Gordon bekannt. Hier auf dem Land kennt man sich.

Als ich die schneebedeckten Bäume hinter mir gelassen habe, sehe ich auf der Lichtung ein Haus. Mein Haus! Ich scheine im Kreis gegangen zu sein. Na, um so besser. Mal sehen, was die Konserven im Küchenschrank so hergeben.

Eine Wolfsfährte führt wieder zum Haus, zum Fenster auf der rechten Seite. Mein Mitbewohner scheint schon da zu sein. Obwohl ich mir sicher bin, dass das Fenster geschlossen war, als ich mich auf den Weg machte.

Die alte Holztür lässt sich wieder überraschend lautlos öffnen, innen empfängt mich der behagliche Geruch des Kaminfeuers. Erstaunlich, dass es so lange durchgebrannt hat.
Mein Blick fällt auf den Kaminabzug. Da hängt ein großes Stück Schinken. Der ist mir gestern gar nicht aufgefallen. Da wäre ein Teil meines Frühstücks ja schon gesichert. Ich freue mich wie ein Kind. Längst vergessene Freude...

Neben der Pfanne steht eine Papiertüte mit drei Eiern. Die war gestern aber bestimmt nicht da! Oder?!

Oder waren Peggy oder Jesiah hier, um nach mir zu sehen? Ich gehe noch einmal heraus. Es führt nur meine Spur vom Haus weg und wieder zurück. Und die des Wolfes.

Ich habe die Wahl: Entweder war jemand hier, ohne Spuren zu hinterlassen. Das hatten wir ja schon mal! Ich muss grinsen.
Oder der Wolf hat das Essen gebracht.
Oder ich habe es herbeigewünscht.
Oder ich habe es gestern übersehen.

Oder ich denke einfach nicht weiter darüber nach und nehme es an, wie es ist. Dem Schinken ist es egal, wer ihn gebracht hat.

Und mir auch!

Bald brutzeln Ei und Schinken in der Pfanne, der Geruch vermischt sich mit dem von frischem Kaffee, den ich aus geschmolzenem Schnee und dem schwarzen Pulver in der Dose mit der Aufschrift „Noir" gekocht habe.

So einfach und so lecker kann essen sein. Der Wolf kaut an dem Stück Knochen, den ich für ihn aus dem Schinken herausgetrennt habe.

Der Wolf! Ich habe beschlossen, ihm keinen Namen zu geben und versuche die ganze Zeit, mich daran zu erinnern, ob der Wolf in dem Film einen Namen hatte.

Mit vollem Bauch und einem leckeren Geschmack des Kaffees auf der Zunge ziehe ich den Stuhl heraus auf die kleine Holzterrasse, wickele mich in eine Decke und schlafe mit der warmen Sonne auf dem Gesicht ein.

Wer die Sonne im Gesicht hat, hat das Universum im Rücken.

Meine Gedanken fliegen dahin, steigen auf zum blauen Himmel und kommen als Schneeflocken zu mir zurück. Ich bin in völligem Gleichgewicht mit mir, esse, wenn ich hungrig bin, schlafe, wenn ich müde bin. Nichts beunruhigt bin, ich nehme alles so an, wie es ist. Auch den Wolf, zu dem ich eine innere Beziehung aufbaue, dessen Wesen ich mehr und mehr erfasse und bewundere.

Ich hatte mich wirklich verloren in den letzten Jahren. Nur noch für die Anforderungen Anderer gelebt, einen geregelten Job gehabt, einen geregelten Tagesablauf.

Jetzt fühle ich mich frei. Innen!

Ich glaube, drei Tage habe ich jetzt so verbracht. Aus mir heraus, in mir drin. Nun fühle ich, dass es Zeit ist, aufzubrechen. Der Wolf springt draußen vor der Hütte unruhig hin und her.

Sicherlich spürt er meine Gedanken und dass sich unsere Wege bald trennen werden.

Ich lösche das Feuer im Kamin, räume alles an seinen alten Platz, lasse das Fenster geöffnet. Ich mache eine kurze Handbewegung Richtung Tür, sie springt auf. Das war bestimmt der Wind!

Draußen wird der Himmel grau, es wird bald wieder Schnee fallen. Ich drehe mich noch einmal zur Hütte um und schließe die Tür hinter mir. Mit einem quietschenden Geräusch fällt sie ins Schloss.

Von der Terrasse nehme ich Axt und Säge und folge der Spur des Wolfes, der schon am Waldrand auf und ab läuft. Der Schnee knarzt unter meinen Stiefel. Im tiefen Schnee ist der Weg schwieriger als ich gedacht hatte, ich komme langsam aus der Puste.

Ein Blick zurück. Die Hütte ist in dem leichten Schneefall, der eingesetzt hat, nicht mehr zu erkennen, meine Fußspur füllt sich mit frischen Schneeflocken und wird bald nicht mehr zu sehen sein.

Als wäre das alles nie geschehen. Und doch hat sich in der Zeit meiner Abreise, und insbesondere in den letzten drei Tagen, mein Leben komplett verändert. Ich habe eine ‚angewachsene' Last abgelegt und gegen die Freiheit der Entscheidung ausgetauscht.

Mit einem Ruck drehe mich Richtung Wald und folge dem Wolf mit seinem schneebedeckten Rücken. Manchmal bleibt er stehen und schaut zurück, damit ich Zeit habe, aufzuschließen. Nach einer gefühlten halben Stunde Weg stimme ich, einem Impuls folgend, wieder das Zwergenlied an: „Hei-ho-hei-ho ..." Von links höre ich plötzlich ein Echo, das langsam lauter wird. Nein, kein Echo! Da singt jemand.

Der Wolf bleibt stehen, ich stoppe auch. Und da sehe ich, wie sie sich langsam aus dem Schnee schälen, ihre Konturen immer deutlicher werden: Peggy und Jesiah.

Der Wolf legt sich in den Schnee und wedelt mit dem Schwanz. Jesiah kommt langsam näher und hebt die Hand zum Gruß. Peggy stürmt auf mich zu und küsst mich auf den Mund.

„Ich freue mich so, dass du es geschafft hast! Wie war deine Initiation? Wie geht es dir?" Ihre Augen strahlen mich an, ich fühle mich ihr näher als je zuvor.

Während ich ihr von meinen Erlebnissen und Gefühlen der letzten Tage berichte, fällt mein Blick auf den Wolf.

„Danke, Amarok!", sage ich und er steht auf. Der Name tauchte plötzlich in mir auf und er scheint richtig zu sein. Amarok legt den Kopf in den Nacken und heult. Ein langgezogener, aus der Tiefe kommender Gruß, oder Ruf. Dann schüttelt und den Schnee von seinem Rücken und trottet in den Wald hinein. Einen Augenblick später ist er aus meinem Blick verschwunden.

Jesiah legt mir die Hand auf die Schulter. „Da hast du einen guten Gefährten gehabt, einen weisen Lehrer."
„Ja!", antworte ich knapp. Es braucht keiner weiteren Worte. Verstehen finden außerhalb der Sprache statt.

Gemeinsam legen wir den Weg zu Mrs. Piersons Pension zurück, natürlich nicht, ohne noch ein paar Mal kräftig „hei-ho-hei-ho" zu intonieren.

Die Pension ist schon von Weitem zu erkennen, sie ist in ein warmes, glühendes Licht getaucht. Beim Näherkommen erkenne ich eine Unzahl von Weihnachts-Lichterketten, die Haus und Garten schmücken. Ganz knapp daran vorbei, kitschig zu wirken.

Mrs. Pierson steht in der Tür und winkt uns mit einem Küchentuch zu. Ich freue mich, die nette alte Dame wieder zu sehen und bin gespannt, wer in meiner Abwesenheit noch alles den Weg in ihr Haus gefunden hat. Als ich Tante Ellen zur Begrüßung in den Arm nehmen möchte, weicht sie etwas zurück. Peggy lächelt.

„Vielleicht machst du dich erst einmal etwas frisch, Adam?! So eine Dusche und eine Rasur machen einen ganz anderen Menschen aus dir."

Jetzt verstehe ich. Da war doch etwas, das ich in den letzten drei Tagen etwas vernachlässigt hatte …

Und! Plötzlich schnelle ich auf dem Absatz herum. Da ist noch etwas, das ich ganz vergessen habe: Der Weihnachtsbaum!

„Bleib ruhig, Brauner!" Jesiah legt mir wieder die Hand auf die Schulter. „Den Baum haben Peggy und ich geholt. Du hattest Wichtigeres zu tun. Du kannst ihn nachher im Wohnzimmer bewundern. Aber jetzt geh erst einmal hoch und unter die Dusche. Du riechst nach Wolf."

Aus seinem zugekniffenen Auge schließe ich, dass er es nicht ganz so ernst meint, komme der Aufforderung aber gerne nach. Peggy und ich gehen die Treppe mit dem roten Teppich hoch, während Tante Ellen noch mit Jesiah in der Tür stehen bleibt.

Die Zimmertür fällt hinter uns ins Schloss, ich drehe die Dusche schon einmal an, bevor ich langsam meine Kleidung ausziehe. Peggy legt sie ordentlich zu einem Bündel auf dem Ohrensessel zusammen, nicht, ohne zwischendurch mehrfach hörbar die Nase zu rümpfen.

Als leichter Dampf aus der Dusche steigt schlüpfe ich hinein. Und springe erschrocken zurück! Ich bin nicht allein. Doch schon greift Peggys Hand nach meiner und zieht mich zu sich unter das wohlig warme Wasser und an ihre samtig weiche Haut. Irgendwie hat sie es geschafft, sich an mir vorbei zu schleichen, aber jetzt gibt es wirklich Wichtigeres. Ich spüre ihren Mund auf meinem während das Wasser an unseren aneinander geschmiegten Körpern herunterläuft, ihre Zunge sucht nach meiner und meine Hände versuchen, jeden Zentimeter ihres Körpers gleichzeitig zu berühren. Nach einer wohligen Phase des gegenseitigen Einseifens und Berührens greife ich nach den Handtüchern und wir trocknen uns gegenseitig ab.

Dann ziehe ich Peggy auf das Bett. Nass und schwer liegt ihr langes braunes Haar auf dem weißen Laken, während ihre himmelblauen Augen im Widerschein der Kerzen, die wer weiß wer auf dem Tisch entzündet hatte, leuchten. Mein festes, wolliges Haar gibt ihren langen Fingern Halt, und sie zieht mich zu sich herunter, will jeden Funken meines Feuers genießen und es mit ihrer Glut nähren.

Seit langen Zeiten aufgestautes Verlangen prallt aufeinander und vereinigt sich im Schein der flackernden Kerzen. Wir geben uns ganz uns und unserer Leidenschaft hin und werden uns der Außenwelt erst wieder bewusst, als draußen ein Gewitter einsetzt. Die Blitze werfen bizarre Schatten an die Zimmerwände.

Schweigend liegen wir nebeneinander, unsere Seelen sind auf immer verbunden, es bedarf keiner Worte mehr. Nach und nach verlöschen die Kerzen im Zimmer.

Als es beginnt, draußen dunkel zu werden, gleitet Peggy aus dem Bett und stellt den Kocher für den Tee an. Nach wenigen Minuten zieht der leichte Duft eines Assam-Tees durch den Raum.

Wir trinken schweigend jeder noch zwei Tassen im Bett, Peggy schaut zu mir herüber und lächelt. Zeitgleich schlagen wir beide unsere Bettdecke zurück und stehen auf und ziehen uns an. Peggy hat mir wohl einige passende Kleidungsstücke besorgt, die jetzt in meinem Schrank hängen. In meinem Koffer hatte ich nur das Notdürftigste mitgenommen. Mit einem Weihnachtsfest im großen Kreis hatte ich nicht gerechnet. Wie mit so Manchem nicht, das mir in den letzten Wochen widerfahren ist.

Ich schlüpfe in eine leichte, karierte Wollhose, ein hellblaues Hemd und eine Jacke aus Harris-Tweed. Nun bin ich bereit für das Abendessen und sehe zu Peggy hinüber, die gerade ein schwarzes Abendkleid wie Wasser an sich herunter gleiten lässt.

Der Geruch von gebratenem Wild empfängt uns, als wir die Zimmertür öffnen. Hand in Hand gehen wir die Treppe hinunter, aus dem Salon leuchtet warmes Licht in den Flur und lässt kleine „Lichtengel" über die Flurtapete tanzen. Ich fühle eine Aufregung in mir wie in meiner Kindheit zu Weihnachten.

Es ist Weihnachten!

Deswegen sind wir hier zusammengekommen. Eine kleine Gruppe von Menschen, die jeder für sich eine kleine Aufgabe erfüllen, die zusammen aber Großes bewirken. Jedes Mal, wenn sie es im Laufe der Jahrhunderte schaffen, wieder zusammenzufinden.

Ellen kommt uns an der Tür entgegen, lädt uns mit einer weit ausholenden Handbewegung in den Salon.

Paul sitzt mit Jesiah und Arvenne an dem kleinen Tisch am Kamin, die drei sind in ein Gespräch vertieft und bemerken unser leises Eintreten erst gar nicht.

Chosito, Reverend Wilson und Mrs. McGibbon hatten gerade ihre Gläser erhoben und prosten nun uns fröhlich zu. Ja, sie ist es wirklich, Mrs. McGibbon, meine Zimmerwirtin aus Cambridge!

Von der anderen Seite des Salons leuchten uns zwei blaue Augen aus einem tiefbraunen Gesicht entgegen. Es ist Spirit of the Eagle, der dort mit Mr. Benson vom Smithonian-Institute sitzt. Ellen setzt sich wieder zu den beiden an den Tisch.

Ich setze mich mit Peggy an den Tisch am Fenster, ein Stuhl bleibt frei.

Heute Abend sind wir elf Personen. Wir sind noch nicht komplett. Deshalb habe ich mich entschieden, dieses Buch zu schreiben. Es ist meine Aufforderung an DICH, dich auf den Weg zu machen.

Spüre die Freiheit der Entscheidung, die in jedem von uns wohnt.

Finde das, was in dir steckt, was dich ausmacht. Fühle es!

Über den Autor und dieses Buch

Worte bewegen.

Unter diesem Eindruck habe ich in der Zeit, als meine Kinder heranwuchsen, sehr viele Gedichte, Gebete und Kurzgeschichten geschrieben. Nach einer Phase, die ich ganz der Lyrik widmete, begab ich mich wieder an das Schreiben von Kurzgeschichten, diesmal für die erwachsenen Lesen. Sie waren teils humorvoll, teils nachdenklich. Dann folgten ganze Bücher.

Inzwischen habe ich meinen eigenen Schreibstil und meine Themen etabliert.

Dieses Buch stammt noch aus meiner Anfangszeit. Ich habe immer mal ein paar Seiten dazugeschrieben und es dann wieder zur Seite gelegt. Zwischen dem ersten und dem letzten Wort liegen mehr als zehn Jahre.

Ein gutes Beispiel dafür, dass man auch mit wenig Beharrlichkeit und viel Freude an dem, was man tut, zum Ziel kommt.

Ich wünsche Ihnen viel Freude beim Lesen und viel Glück auf dem Weg, den Sie gerade gehen.

Wolfgang Heithoff